TELEMUNDO PRESENTA:

EL DESEO AJENO

TELEMUNDO PRESENTA:

EL DESEO AJENO

NOVELA

ERICK HERNÁNDEZ MORÁ

ATRIA BOOKS
NEW YORK LONDON TORONTO SYDNEY

ATRIA BOOKS
1230 Avenue of the Americas
New York, NY 10020

Este libro es una obra de ficción. Los nombres, personajes, lugares e incidentes son producto de la imaginacioón del autor o se utilizan de manera ficticia. Cualquier semejanza con acontecimientos, lugares o personajes reales, vivos o muertos, es pura coincidencia.

ISBN-13: 978-0-7394-7634-5
ISBN-10: 0-7394-7634-3

ATRIA BOOKS es un sello editorial registrado de Simon & Schuster, Inc.

Diseño de Davina Mock

Impreso en los Estados Unidos de América

Para mis tres amores: Emily, Eileen y Elly

NOTA DEL AUTOR

Querido lector,

El deseo ajeno es la continuación de una fascinante historia de amor que conmovió, por espacio de siete meses, a millones de espectadores alrededor del mundo. Hablamos, por supuesto, de *El cuerpo del deseo,* la inolvidable telenovela transmitida por Telemundo. En ella, el magnate Pedro José Donoso ocupa el cuerpo del campesino Salvador Cerinza. Su objetivo: descubrir la traición de su joven y amada esposa Isabel Arroyo junto a su amigo y confidente Andrés Corona.

Tanto Isabel, como su prima Valeria y su tía Rebeca, caen seducidas bajo el encanto de Salvador, provocando una lucha feroz por el amor del joven. Al final, ninguna sale victoriosa: Isabel muere junto al espíritu de Pedro José; Valeria se compromete con Simón, mientras el suicidio de Rebeca es anunciado en la prensa. Salvador Cerinza regresa a su rancho, ya libre del espíritu posesivo, junto a su esposa y su hijo. Pero su historia continúa, a través de estas páginas, que usted se dispone a disfrutar.

1.

LA NUEVA VIDA DE SALVADOR Y SU ESPOSA CANTALICIA

Salvador Cerinza nunca se imaginó, al volver a su rancho, que aquel regreso sería el inicio de una nueva y emocionante aventura y que, muy pronto, su vida estaría mezclada otra vez con los sobresaltos y la alegría de la familia Donoso. Mucho menos se imaginó que la muerte de Isabel Arroyo sería causa del regreso de otro espíritu intranquilo. Un espíritu maligno, vengativo, diferente al de Donoso, que estaba a punto de ocupar un cuerpo joven y hermoso para empezar a hilvanar los tentáculos de su venganza. Tan emocionado se hallaba Salvador en compañía de su mujer e hijo, que tampoco se fijó en la figura del padre Jacobo, la tarde de su llegada.

Con paciencia infinita, como cumpliendo una misión divina, el padre Jacobo llegó al rancho de Salvador y Cantalicia la noche siguiente con el firme propósito de encaminarles sus pasos en una nueva vida. La tarde anterior le había resultado imposible. Después de una larga y tempestuosa temporada, al fin Salvador entraba caminando por el sendero del rancho, y el reencuentro entre él, Cantalicia y su hijo Moncho estuvo lleno de lágrimas, abrazos y alegría que se extendieron hasta bien entrada la noche. Dispuesto a no romper el encanto de la unión familiar, luego de abrazar a Salvador y asegurarse que el buen hombre gozaba de excelente salud física y emocional, el padre Jacobo abandonó tranquilamente la choza y salió al sol de la tarde. Se sentía contento, satisfecho. Era un espléndido lunes de primavera. Antonio, Ángela y Simón ya se habían marchado caminando hasta su coche. Mientras secaba el sudor de su cuello, el padre Jacobo alzó la vista y en silencio agradeció a Dios por el regreso de Cerinza. Le dio gracias por el milagro de salvación, por haberse llevado, de una vez y para siempre, el espíritu intranquilo de Pedro José Donoso al reino de los cielos, dejando el cuerpo de Salvador como mismo el Señor lo había creado. Después tomó su bicicleta y se marchó alegre, silbando un salmo, pensando en regresar la noche siguiente.

Esta noche sería diferente. Desde que cruzó la puerta de madera, el padre sentó al pobre matrimonio en la rústica mesa, bajo la luz de la pálida bombilla y les explicó, con sabiduría de mercader, la fortuna que les había dejado el difunto Donoso.

—Aquí le traigo, Salvador —le dijo padre Jacobo— los recibos de la fortuna que usted mismo envió a su familia cuando vivía con Isabel Arroyo.

Salvador miró al cura con curiosidad, sin entender de qué hablaba. Le pareció que los hechos inexplicables que vivieron durante los últimos tiempos, regresaban otra vez a perseguirlo.

—No sé de ningún dinero, padrecito —apenas contestó Salvador.

—Yo le dije al padre… que no quería el dinero —interrumpió Cantalicia— porque pensé que era una limosna para conformarme, mijo… pa' que me olvidara de usted, Salvador.

—Ahora que tiene de vuelta a su Salvador —le dijo padre Jacobo— me gustaría mucho que reconsidere su soberbia y acepte esta suma considerable… está en el banco, a disposición de ustedes.

—¿Y qué hacemos nosotros con ese dinero? —preguntó Salvador.

—Primeramente, hay que enviar al pequeño Moncho de inmediato a la escuela— dijo padre Jacobo— Porque ahora el niño tiene la gran oportunidad de estudiar… de convertirse en un joven con un futuro brillante. Además, no tienen la obligación de seguir viviendo en esta choza, ni trabajar más como animales en el campo, Salvador… Ahora tienen el dinero suficiente para comprarse una casa amplia y decente, con todos los ranchitos que le vengan en gana y contratar empleados para las labores.

El cura Jacobo les cuenta que, por ejemplo, a pocas millas del pueblo Las Cruces, hay una hacienda de cítricos de nombre La Alameda, cuyo dueño, Ramón Villalba, la ha puesto en venta a petición de su única heredera. La joven, que vive en Europa desde la adolescencia, no tiene el mínimo interés en cargar a cuestas con el lugar, de modo que la está ofreciendo a un precio barato y accesible. La Alameda es extensa, de tierra fértil. Sin embargo, la larga enfermedad de don Ramón, mordido mortalmente por el cáncer, más el paso de los años, la han convertido en una hacienda descuidada, casi en las ruinas.

Cantalicia se opuso a los consejos del padre Jacobo:

—Pues somos muy brutos, padrecito, y los números y las letras nos parecen tan raros, que vamos a terminar estafados por esos señores.

—¿Por cuáles señores, mujer? —preguntó Jacobo, sonriendo.

—Por esa gente de plata, que es tramposa —dijo Cantalicia y bajó el rostro, como apenada—. ¿Cómo vamos a entendernos con ellos?

Jacobo soltó un suspiro. Sacó un pañuelo de su chaqueta y se secó la frente.

—De eso me ocupo yo —dijo al fin— ¿Y tú que dices, Salvador?

—Para mí, eso de comprar una hacienda, pues pienso que es una locura.

Si fuera otra persona cualquiera, el padre Jacobo hace rato que hubiera perdido la paciencia y se habría largado, dejando a esa pareja de cabezas duras abandonados con sus recibos del dinero y su incierto destino. Pero el párroco no podía hacer eso. Era un hombre de espíritu servicial, bondadoso. La vida de Salvador, Moncho y Cantalicia, había llegado a formar parte de la suya. Él sabe, en el fondo de su alma, que el futuro de los Cerinza dependerá en gran parte de sus consejos y enseñanzas, de la fortaleza y paciencia que tenga para con ellos.

El primero que accede es Salvador. A pesar de seguir siendo el campesino bruto de siempre, se notan nuevos cambios en él, como si el tiempo en que Donoso ocupó su cuerpo hubiese dejado migajas de la inmensa sabiduría del anciano. Él conoció por su propia experiencia la vida cotidiana en una casa de lujo, sus sanas costumbres, la importancia de vivir en paz y armonía, sin tener que cargar todo el día con el sol a la espalda trabajando en el campo. Conoció la pulcritud de las ropas, la limpieza y aseo del cuerpo, de las recámaras y los baños. Le contó al cura Jacobo, con humor de niño travieso, aquella tarde en que lo bañaron a la fuerza y sólo se le ocurrió decir «No más, viejas tarugas… no más». Salvador nunca se lo comentó a su esposa por temor a enojarla, pero lo cierto era que tanto el olor a lavanda de las sirvientas, como los perfumes femeninos con olor a frutas, ni el delicioso aroma de la cocina de la casa Donoso, jamás lograron evaporarse de la memoria de su olfato.

En las primeras noches, luego de su regreso, soñó con la alcoba de Pedro José, con el hijo de Ángela, llorando en la cuna a las cuatro de la mañana, con la sonrisa de Valeria y las palabras dulces de Abigail. Unos sueños raros que a veces terminaban en pesadillas, como aquel en donde el perro Azur corría tras él por un jardín interminable, o el otro donde un mayordomo calvo y desconocido, con chaleco azul y corbata de palomita, le lanzaba afiladas miradas de odio. Era indiscutible. Su breve paso por la casa Donoso había dejado en él huellas profundas, que con el paso del tiempo saldrían a relucir.

Por su parte, Cantalicia se sentía tan bendecida por el regreso de su hombre, que estaba dispuesta a seguirlo hasta en la más disparatada de las aventuras. Ya su esposo había regresado. La familia estaba otra vez unida, lista para enfrentar los nuevos retos, ya fuera discutir con el pobre vecino un trozo de tierra, machete en mano, o comenzar a experimentar una vida mejor. De esa manera, padre Jacobo les promete conducirlos con buena fe por los linderos del negocio, y a ver si aprenden de una vez para siempre a leer y escribir como Dios manda.

2.

SIMON Y VALERIA PREPARAN BODA MIENTRAS REBECA AGONIZA

Después de varias semanas de incertidumbre, de consultarlo con su hermano Antonio y su madre Abigail, al fin Simón decide pedirle la mano en matrimonio a Valeria. El momento escogido es un sábado en la noche, luego de un concierto de piano en que el talento de su amada sobresale por encima de las otras participantes, haciendo estallar en vítores y aplausos al público asistente. Sentado en la primera hilera de asientos, con los nervios alocados, Simón esperó con paciencia el largo desfile de concertistas. Él sentía la música vibrar en todo su cuerpo, como si jugara un papel especial en aquel momento que vivía. La última concertista fue Valeria. La joven salió al escenario, regaló una sonrisa nerviosa al público y ocupó su puesto frente al piano, sin darse cuenta que la inquieta mirada de Simón la contemplaba a pocos pasos, mezclado entre el público expectante. Mientras sus dedos se deslizaban por el teclado de marfil, Valeria cerraba soñadora los ojos, abstraída, dejándose llevar a otro mundo por el flujo armonioso de la música. El teatro se sumió en un silencio sepulcral. Apenas se escuchaba la respiración. Al final, cuando ella terminó la última nota, el público permaneció mudo por breves segundos, todavía hechizado, hasta que unas palmadas rompieron el embrujo. A estas palmadas se fueron uniendo otras y otras, acabando en un estallido de gritos de ¡Bravo! ¡Bravo!, momento en que Simón aprovechó, se aproximó al escenario con un ramo de flores, abrazó a Valeria emocionado, y acto seguido, se arrodilló ante todos con un hermoso anillo de compromiso. Valeria quedó petrificada por la increíble sorpresa, por la emoción en su pecho, y por las lágrimas de alegría que florecieron inquietas en sus ojos.

—Sí, mi amor. Sí, mil veces —le dijo sonriendo, nerviosa— Pero con una sola condición.

—¿Cuál condición? —preguntó Simón sorprendido.

—Que nunca me prohíbas tocar el piano.

—Pues, Valeria, vas a tocar piano por el resto de tu vida —contestó Simón sonriendo y los dos jóvenes se besaron.

Al separarse, Valeria ocupó asiento otra vez frente al piano, y le dedicó una melodía a su futuro esposo. Las notas salían del piano, suaves y nítidas, saturando con su armonía la atmósfera del auditorio. Era una melodía clásica: *Para Elisa,* de Beethoven. El público presente calló otra vez. Simón y Valeria intercambiaban miradas, sonreían, llevados por el flujo de aquella melodía celestial, conocida por todo aquel que, alguna vez en su vida, sintonizó una estación clásica de radio.

Tan famosa y popular era aquella melodía, que muy lejos de allí, a cientos de millas de distancia, en el antiguo pueblo de la difunta Isabel Arroyo, un enfermero de hospital la escuchaba en los audífonos de su radio portátil, mientras avanzaba por el pasillo, silbando despacio las notas, empujando una cama de ruedas. El enfermero desconocido avanzó por el largo corredor blanco y luego se detuvo. Abrió la puerta de un cuarto. Un cuarto oscuro y olvidado del hospital local, y empezó a conversar sobre la paciente que tenían acostada en la cama rodante. Era una mujer de edad mayor, que había intentado suicidarse meses atrás, y ahora se encontraba en estado vegetal. Nadie la visitaba, a pesar de que su foto apareció en los periódicos como víctima de suicidio. La habían encontrado colgada en la viga del cuarto de un hotel, aparentemente ya sin vida, con su pelo rubio y sus ojos inmensos desbordados por el terror. Gracias a una camarera, cuya mala memoria le hizo olvidar el cambio de jabones, y había regresado de inmediato, la mujer rubia no había cumplido con su deseo de morir ahorcada. Gracias también a su valentía, porque mientras despertaba a los inquilinos con sus gritos de auxilio y ayuda, la pobre mujer tomó un cuchillo de cocina y cortó la soga que sostenía a la suicida. Fue un acto repentino, de inmensa generosidad al prójimo, pero que sin embargo, habría de desatar una terrible cadena de inesperadas tragedias.

El dueño del hotel contactó a la policía de inmediato, llamando también a un curioso periodista, íntimo amigo, que arribó con las autoridades casi al mismo tiempo. Después que los peritos estremecieron el cuarto con sus fogonazos de luz, que los paramédicos la taparon con una sábana y la condujeron a la ambulancia, el intruso periodista registró impunemente sus pertenencias y encontró sus datos personales. El día siguiente, publicó una foto de Rebeca Mancedo bajo el rótulo: MUJER SE SUICIDA EN EL CUARTO DE UN HOTEL.

Los enfermeros ahora la tienen allí acostada. Y es que, a pesar de la información en la prensa, la mujer sorprendió a los paramédicos en su trayecto a la morgue. Nadie lo pudo explicar. Todos fueron, sin embargo, testigos del momento en que abrió bruscamente los ojos y retornó al mundo de los vivos causando gran susto y consternación en los presentes. Hay días en que parece reaccionar, sin pronunciar palabra alguna, y algunos dicen, aunque no está comprobado por los médicos, que la han escuchado mencionar el nombre de una tal Isabelita. Los enfermeros no lo saben, pero aunque está casi muerta, su mente vaga a toda hora hasta un lugar llamado Casa Donoso.

Mientras tanto allí, en la casa Donoso, la familia preparaba la fiesta de casamiento entre Simón y Valeria. Sentada en la cocina, rodeada de inmensas cazuelas y canastas de frutas, Abigail miró hacia el reloj de pared. Eran las diez de la mañana. La hora exacta para apagar el asado del almuerzo, avisar a las sirvientas, y revisar la limpieza de la casa. Cuando probaba el asado en su boca, sintió el llamado de Viky desde el jardín. Dejó la cuchara sobre un plato y se dirigió a la puerta.

—¡Ábrame la puerta sino no puedo subir! —gritó Viky.

Abigail mantuvo la puerta abierta de par en par, mientras Viky vencía los peldaños que subían desde el jardín hasta la cocina, y la dejó entrar con su caja repleta de botellas de champaña. La gruesa mujer, con sus trenzas negras, venía a punto de desfallecer. Dando un soplido depositó su carga sobre la mesa de madera, cuyas patas temblaron por el peso.

—¡Virgencita! —exclamó Viky— Pensé que la espalda se me quebraba.

—Te advertí bien claro que llamaras al jardinero— la regañó Abigail— Pero tienes la cabeza más dura que una piedra.

Viky se sentó en una silla, todavía agitada. Tomó una revista de recetas. Mientras abanicaba su calentura, miró el rostro preocupado de Abigail.

—¿Y a usted que le pasa? —preguntó Viky— Tiene cara de velorio... como si en vez de preparar la boda de su hijo, le estuviese arreglando los funerales.

—¡Qué dices mujer!—se quejó Abigail, revisando las botellas de champaña.

—Eso mismo, que desde el día que Simón y Valeria anunciaron su casamiento, la noto comportándose muy extraña.

Viky tenía toda la razón y Abigail lo sabía. La relación entre su hijo Simón y Valeria le causaba malos presentimientos. Y no era precisamente por la muchacha, un ser dulce y amable como la más tierna flor, sino por su pasado tormentoso, desde aquella tarde que llegó a la casa Donoso con su rostro cubierto por un velo negro, como si fuese una viuda adolescente. Más tarde sus amoríos con Salvador (cuando Pedro José Donoso ocupó el cuerpo del joven) y su encarnizado combate de celos entre ella y su prima Isabel. En algún rincón recóndito de su esencia, Abigail creía en la simple convicción de que toda mujer que se enamora de un espíritu no está bien de su cabeza.

—No es nada, Viky —mintió Abigail—. Es sólo que me siento agotada por los preparativos.

—Si al menos tuviésemos un mayordomo —confesó Viky— Hay días en que echo de menos a Walter.

—¡No digas bobadas, mujer! —brincó Abigail, haciendo la señal de la cruz con dos dedos—. ¡Cómo vas a echar de menos a ese asesino!

—No lo dije pa' molestarla... Y no quiere decir tampoco que lo quiero fuera de la cárcel. Lo digo por las tantitas ocupaciones que a usted le han tocado desde que no tenemos mayordomo.

—¡Así estamos muy bien! Gracias... Prefiero pasar esta etapa con la casa a mis espaldas a que nos caiga otro mayordomo parecido a Walter.

El sonido de unas pantuflas se acercaba en ese momento a la cocina, acompañado de la infantil jerigonza del hijo de Ángela. La joven entró a la cocina arrastrando los pies, con el niño hincado a un costado de sus caderas. Al ver el chupete enganchado en su boca, Abigail frunció el ceño molesta.

—Si no le botas ese chupete de una vez por todas, seguirá dando guerra en las madrugadas.

—Es que da lástima verle llorando en la cuna —dijo Ángela.

—Más lástima me da a mí con el pobre Antonio, que apenas duerme unas horas de la madrugada, para marcharse temprano a la empresa.

Ángela no contestó. Ella reconocía las razones de su suegra. Abrió la nevera, con el niño colgado a un lado, y con una mano preparó un pomo de leche.

—¡Pero señorita, Ángela! —dijo Viky al ver sus movimientos incómodos—. Estoy aburrida de decirle que deje esas cosas para mí.

Viky se levantó de la silla y Ángela se echó a un lado. El niño habló unas palabras en su jerigonza. Sus grandes ojos perseguían de un lado a otro el biberón, ahora en manos de la sirvienta.

—Ahorita lo vemos corriendo por los jardines —dijo Abigail sonriéndole—. ¡Ven acá con tu abuela, señorito! —Y cargó al bebé en sus brazos.

Ángela suspiró cansada. La noche anterior, como otra en los últimos meses, el niño se resistió a dormir hasta bien entrada la madrugada. Luego, el perro Azur la despertó con sus sonoros ladridos, cuando un camión de abastecimiento entró rodando por el frente de la casa. Sin poder atrapar otra vez el sueño, Ángela miró el reloj en su veladora. Había dormido dos horas solamente.

—¿Ya consiguieron la decoración para la boda? —preguntó Ángela, mientras contemplaba las sillas del jardín, recostadas al tronco de los árboles.

—Todavía no —dijo Abigail—. Una decoradora de la ciudad estuvo hablando ayer con Simón. Si no me equivoco, era la misma señora que decoró la boda de Pedro José e Isabel.

Sin quererlo, Ángela recordó de pronto la boda de su padre, Donoso, e Isabel Arroyo. Recordó con tristeza su regreso después de tantos años apartada de su padre. El recuerdo fue avanzando en su mente, como por cuenta propia, y se encadenó con otras memorias de las dos bodas de Isabel Arroyo. Evocó, sin desearlo, la noche cuando su padre murió frente a las teclas del piano, mientras su esposa Isabel seducía a Andrés; la indignación que sintió en su pecho al ver a su madrastra jurando fidelidad con el amante perverso, la misteriosa llegada de Salvador Cerinza a la casa. Recordó, por último, la noche en que su corazón dio un salto al reconocer a su padre en el cuerpo de Salvador.

—Aquí lo tiene, señorita —le dijo Viky, espantándole las memorias.

Ángela tomó el pomo de leche con biberón. Abigail le entregó el niño, quien de solo ponerse en el regazo de su madre, se prendió de el tetero con desespero.

—¡Cualquiera que lo vea! —dijo Viky—. Pensaría que no lo alimentamos como Dios manda.

—Así era Antonio cuando pequeño —recordó Abigail—. Todo el santo día moliendo puré de patatas y picadillo de carne... Total, si ahora parece una vara de pescar de lo delgado.

—No exagere, Abigail —dijo Ángela—. Antonio está bien.

El niño movía sus ojos inquietos de un interlocutor a otro, como si hablaran de él. Ángela continuó:

—Ocurre que casi no come por el tiempo que le dedica a su trabajo.

Abigail hizo una mueca de desagrado, pero Ángela tenía toda la razón. Desde la partida del alma de Pedro José, tanto Antonio como su hermano Simón se habían echado a sus espaldas la administración del negocio familiar. Las empresas de Cítricos Donoso, no sólo mantenían la producción estándar de la mejores épocas, sino que, bajo el nuevo mando y dirección de Antonio, comenzaron a extender sus exportaciones a otro género de productos, como quesos, vinos y licores, en especial desde California, con la reciente amistad con Valeria San Román, la encantadora hija de José María San Román, el legendario dueño de los más prósperos viñedos de la costa oeste.

Las enseñanzas de Salvador Cerinza (con el espíritu de don Pedro José) más el diario contacto y amistad con otros industriales reconocidos, dieron a los hijos de Abigail un impulso inaudito a su empeño de mantener las empresas al mismo nivel que las dejó el fundador. La fortuna de la familia se encontraba en buenas manos.

Desde muy temprano en la mañana hasta altas horas de la noche, tanto Antonio como su hermano Simón entregaban sus energías sin reparos, en busca de una mayor eficiencia. El mayor desde su oficina, calculando gastos, costos y ganancias, revisando nóminas, leyendo facturas de proporciones bíblicas, semejantes a los grandes libros de enciclopedias que devoró desvelado en la biblioteca de Pedro José.

Simón, por su parte, se encargaba de supervisar las tareas asignadas, sumido en un mundo de cajas de madera, frutas olorosas y atrevidas empleadas, quienes no terminaban de meterse en sus cabecitas que el Simón de antes había dejado de existir. Porque si meses atrás le decían un chiste para llamar su atención, Simón dejaba sus labores y se unía a ellas, compartiendo juegos en medio del trabajo. Ahora la situación era completamente distinta. Simón atravesaba las estancias de la empresa con andar serio, concentrado, impartiendo órdenes y regalando consejos. Siempre educado, severo, pero también cortés y comprensivo. Simón evitaba a toda costa tropezar con la mirada de las más jóvenes, mezclarse en sus murmullos de colegialas.

—El jefecito vino muy lindo esta mañana —decía una.

—Si lo llevo hasta mi cama, te juro que le erizo más todavía sus pelos rubios —decía otra, y entonces el grupo estallaba en risas.

Simón intentaba ignorarlas, concentrado en escuchar las explicaciones de un empleado. El pobre hombre había extraviado las llaves del almacén.

—Pues vamos a buscar en tus pertenencias, Ramiro —dijo Simón—. No te preocupes demasiado.

—Es que, patroncito, ya revolqué todas mis cosas al derecho y al revés.

—¡El jefecito tiene unos ojos preciosos! —exclamó una de las empleadas.

Simón lo escuchó claramente, así como las risas. La voz venía del grupo de divertidas muchachas que empacan cajas. El joven perdió la paciencia. No le gustaba que interrumpieran sus asuntos de trabajo. De modo que se disculpó con Ramiro, avanzó con paso firme y se detuvo con rostro serio donde estaban ellas, envueltas en su alborozo.

—¿Quién fue? —preguntó Simón en tono duro.

—¿Quién fue quién? —dijo una de ellas y continuaron su risa.

Simón las recorrió una a una con su vista enojada. Pensó en darles un escarmiento a gritos, para que escondieran sus dientes y dejaran para siempre la fiesta mientras se trabaja, que esta es una empresa seria, carajo, para que entiendan que ya no soy el mismo chamaco, para que me respeten... Pero se dio cuenta que aquel método era inefectivo contra el sano júbilo de ellas. Entonces se calmó despacio. La cólera fue abandonando su cuerpo, mientras sus músculos tensos aflojaron las cuerdas de su ira.

—Les quiero pedir un favor —les dijo Simón sonriendo—. Esperen a la hora del almuerzo para divertirse. Les agradezco de toda sinceridad su devoción a la inventiva de piropos, señoritas... Pero, por favor, primero el trabajo y luego la fiesta ¿Está bien?

—Están bien, jefecito —dijo la más atrevida—. Cumpliremos lo que usted nos pide, siempre que nos ilumine con esos ojazos tan lindos.

Y estallaron otra vez en risas. Simón movió la cabeza en señal de «que con ustedes nadie puede», y regresó a donde estaba Ramiro, para ver si de una vez encontraban las llaves perdidas.

3.

LOS CERINZA COMPRAN LA ALAMEDA

Entre lágrimas de despedida y eternos abrazos, al fin el cura Jacobo cumple con la bendita misión de enviar a Moncho como internado en una escuela católica privada. Parada en la entrada del rancho, con los ojos empapados, Cantalicia le explicaba a Moncho las últimas instrucciones de su nueva vida escolar.

—Compórtese como un hombre, mijito... Hágale caso solamente a los padrecitos, y se le vienen con dibujos de mujeres encueradas, trate de no verlas porque me lo vuelven un burro... cómase toda la comida.

Salvador se inclinó y apretó a Moncho contra su pecho. Al hombre le dolía que, luego de tanto tiempo separado de él, ahora su hijo volviera otra vez a alejarse de su vida. El padre Jaçobo al fin tomó al niño de la mano y le llevó hasta la carretera, llevando en sus manos la triste maleta de cartón donde cabían sus pocas pertenencias. Un taxi les esperaba.

Pocos días después, en una subasta de pueblo, el párroco le compró a Salvador una camioneta usada, pero en muy buen estado. Era de color verde desteñido, sucia de lodo, con olor a tabaco rancio en el interior, con doble cabina, rayada en algunas partes, pero tanto el motor como las gomas, parecían recién nacidas de la fábrica. Después de fregarla con agua, cepillo y espuma, de limpiarle todo el lodo acumulado en el piso, los Cerinza la inauguraron en su primer viaje a conocer la hacienda La Alameda. Con el padre Jacobo al timón, recorrieron varias millas del pueblo Las Cruces hasta adentrarse en un sendero casi deshabitado. A los pocos minutos apareció ante sus ojos el muro de entrada a La Alameda.

La primera impresión de todos fue de desamparo. La hacienda era extensa, rodeada de altos álamos que mecían sus hojas ovaladas con la brisa de la tarde, pero detrás de los árboles se atisbaba un paisaje descorazonador. Una gran extensión de tierra sin riqueza de cultivos, con matas secas y descoloridas, como si el olvido del tiempo las hubiera abandonado. La inmensa casona también estaba en críticas condiciones. Las paredes desconchadas, las ventanas de madera no tenían ya cristales, sino cartones clavados sin esmero. El granero estaba carcomido de comején, cayéndose en pedazos. En su interior, solamente la cocina, el comedor y la recámara del dueño, tenían aspecto de habitables. Las otras habitaciones eran un nido de telarañas, escombros acumulados por tanto tiempo de abandono, basura de todo género, cientos de libros y diarios de todas las épocas, que sólo servían de alimento a las polillas, toda la porquería inútil de la hacienda guardada en las sombra de los cuartos. Los escasos empleados eran ariscos e indisciplinados. Acostumbrados a la falta de autoridad desde la enfermedad del antiguo dueño, la servidumbre había hecho de la vieja casona su propio hogar, tomando posesión de cuánto artículo de valor hallaron a su paso. Dormían la siesta en los rincones, comían en donde el apetito los atacara, entraban sin permiso a la casa, con sus botas manchadas de lodo y voces llenas de algarabía. No obstante aquella primera impresión, Salvador aceptó el reto de comprar el lugar.

—Voy a seguir haciendo lo único que sé hacer, trabajar duro para intentar levantar este lugar tan feo y viejo, pero al fin y al cabo de nosotros.

El viejo patriarca don Ramón Villalba recibió a Salvador en su lecho de muerte. Como había ocurrido años atrás con su esposa, el cáncer le fue consumiendo paso a paso su existencia. Solamente la vaga esperanza de ver a su hija antes de morir lo mantenía alerta. Salvador entró junto a Jacobo a la recámara, acompañados de un abogado alto y estirado, vestido de negro, que le pareció a Cerinza un pájaro de mal agüero.

De sólo poner su primera pisada dentro, el joven sintió el terrible olor a muerte que saturaba la alcoba del dueño. Ramón Villalba lo miró con sus ojos vacíos. Encima de la cama, un crucifijo del Cristo parecía darle la bienvenida al anciano. Ramón dibujó algo parecido a una sonrisa. Le pidió a Salvador, ante la sorpresa del misterioso abogado, que esperara la llegada de su hija para firmar los documentos de la venta. Ramón sólo confiaba en su hija Julieta. Estaba cansado de la intervención de banqueros, usureros, agentes de bienes raíces y toda esa caterva de oportunistas que en los últimos diez años saquearon impunemente su riqueza, hasta convertir la Alameda en un páramo de matas flacas pobladas de insectos.

—¿Y cuándo llega su hija? —le preguntó Salvador en un susurro.

—Me prometió llegar en estos días —dijo a duras penas don Ramón—. Sólo le pido a Dios que me de fuerzas para verla.

A pesar de su obstinación en atrasar su viaje al otro mundo, Ramón Villalba no pudo vencer esa última batalla con la muerte. Dos días más tarde falleció, sin poder besar el rostro de su añorada Julieta.

La venta de La Alameda se llevó a cabo la siguiente semana, un miércoles en la tarde, cuando la única heredera del antiguo dueño llegó desde Europa con intención de cerrar el negocio. Al bajarse del taxi que la llevó desde el aeropuerto a la entrada de la hacienda, dos campesinos que allí se encontraban detuvieron su labor y la observaron con ojos llenos de curiosidad. Se llamaba Julieta Villalba. Era una joven alta y delgada, de ojos verde esmeralda. Su pelo, negro azabache, descansaba en suaves bucles sobre sus hombros, bajo un sombrero blanco de fieltro que ella sostenía. Vestía una combinación de faldas y blusa color rosa, con un pañuelo del mismo color atado a su pálido cuello de paloma. De un solo vistazo a su figura, cualquiera podía pensar que estaba en el lugar equivocado, o que simplemente andaba perdida.

—¿Por favor, me pueden ayudar con el equipaje? —preguntó Julieta a los campesinos, mientras buscaba con sus ojos el antiguo letrero con el nombre La Alameda, ahora inexistente por el descuido y el paso implacable del tiempo.

—Sí, señorita —respondieron a coro los hombres. Cada uno tomó una maleta. Ella salió andando por el sendero, con paso firme y erguido. Julieta levantaba la cabeza por momentos, mirando los álamos, mientras los campesinos la seguían, arrastrando las dos maletas con ruedas, dejando atrás una leve estela de polvo amarillo.

Educada en una escuela católica desde muy pequeña, Julieta se había marchado para París desde la adolescencia, luego de la muerte repentina de su madre. El gran sueño de su vida había sido ser pintora. Un sueño que comenzó temprano en su niñez, desde aquella lejana tarde en que vio por vez primera los frescos de Miguel Ángel adornando el techo de la Capilla Sixtina. Los encontró en un libro de texto de la escuela. Esa noche, acostada en su cama, Julieta soñó que Dios llegaba a su cuarto subido en una nube, vestido de blanco, envuelto en una turbulencia de ángeles. Soñó también que Dios estiraba su dedo, y que era ella y no Adán el que recibía el don divino de la creación. A partir de entonces, llevada por la curiosidad infantil, preguntaba a las monjas el nombre del autor y la fecha de todo dibujo que cayera en sus manos, ya fueran prohibidos o no, y pasaba los días de vacaciones en La Alameda pintando garabatos de colores por todas partes, en los muebles de la sala, en las paredes de los cuartos, en las ollas de la cocina, en los delantales manchados de grasa de la cocinera, y hasta en la piel de Coronel, el inmenso mastín que su padre le compró por su noveno cumpleaños. Para Julieta, la pintura era como una obligación orgánica de su cuerpo, una necesidad de su existencia. Todo lo contrario a los deseos de su padre.

Desde su nacimiento, don Ramón Villalba había aspirado a que su única hija, rebelde e inteligente, se convirtiera en ingeniera agraria, para así ayudarlo en los quehaceres de la hacienda. Con ese propósito, aceptó el pedido de Julieta, empeñada en estudiar la carrera en alguna universidad europea, sin saber que, en realidad, su hija pasaba más horas en talleres de pintura y cafés, que repasando lecciones agrícolas y de cultivo. Después de varios años intentando descubrir una fórmula nueva y original, un estilo único que la encaminara al éxito de los pinceles, Julieta Villalba se dio cuenta que no había nacido con el talento que tanto había soñado. Fue así como decidió cruzar al otro lado del negocio, y dedicarse a la exposición y venta de las obras de arte que tanto amó desde pequeña. Con la ayuda monetaria de su padre, más el contacto establecido en los años de París, abrió su primera galería de arte. Ese era su mundo. Los cafés parisinos, la gente bohemia, culta y sofisticada, un ambiente moderno e intelectual, alejado de la tierra caliente donde nació, del olor a hierba húmeda y sudor corporal.

El día de su regreso, después de muchos años, Julieta miró con tristeza el jardín desolado de la entrada, los escalones cuarteados por el tiempo y las pisadas, las ventanas descoloridas, y se dio cuenta de cuánto amaba el lugar donde nació. Fue un pensamiento fugaz, que fue borrado de un soplo con la voz del cura Jacobo, saliendo por la puerta de la casa. Al entrar, Julieta fue recibida por la tímida Cantalicia.

—¿Cómo le fue en su viaje? —le pregunta Jacobo amable, luego de las formales presentaciones.

—El viaje en el avión fue una pesadilla —respondió Julieta, sonriendo—. Sentaron un hombre a mi lado que roncó durante las ocho horas de viaje… Y para desquitarme, le pinté un retrato de lo más hermoso.

Julieta sacó de su cartera una cartulina doblada y les mostró el dibujo a Jacobo y Cantalicia.

—¡Dios Santo! —exclamó Cantalicia—. ¡Parece un hombre con cabeza de burro!

Julieta se echó a reír ante la ocurrencia de Cantalicia, y, pensando que se trataba de una empleada doméstica, le preguntó en donde podía encontrar a los señores interesados en comprar la Alameda.

Cantalicia miró al cura Jacobo desconcertada.

—La señora Cerinza será la compradora —dijo Jacobo, apoyando débilmente una mano en el hombro tímido de Cantalicia.

—¡O, cuánto lo siento! —se disculpó Julieta—. Llevo tantos años fuera de aquí que estoy desubicada.

—Vamos afuera, para que conozca al señor Cerinza —invitó el cura y Julieta soltó la maleta para seguirlo.

Así llegó Julieta esa tarde a La Alameda. Jovial y amable como siempre, pero con la firme intención de vender la propiedad al primer postor y regresar lo más pronto posible a su cómodo apartamento de París. Muy pronto, sin embargo, esa sólida intención se debilitó, desde el mismo primer instante en que sus ojos se posaron en la figura de Salvador. La joven quedó impactada por su belleza salvaje y brutal, cuando vio a Salvador, sin camisa y sudoroso, arreglando el viejo granero de la hacienda, acompañado de otros empleados.

—¡Salvador, Salvador! —gritó Jacobo—. ¡Todavía no es el dueño y ya está reparándolo todo! —dijo a Julieta.

Salvador dejó en el suelo el inmenso madero que transportada en sus hombros. Se aproximó al trío, secándose el sudor con una vieja camisa. Julieta le estiró su lánguida mano, y él intentó estrecharla lo más suave posible, pero ella pudo sentir, a través de la carne, una corriente invisible que recorrió todo el cauce de sus venas hasta llegar al mismo corazón. El padre Jacobo los presentó de palabra, pues ambos permanecían mudos. Él por su tozuda timidez, y ella, por la simple razón de que había perdido la voz por completo.

Más tarde, sentados alrededor de la mesa para cenar, Julieta quedó impresionada también por la misteriosa timidez de aquel hombre de cabellera larga, más todavía cuando el padre Jacobo, tarde esa noche, en privado, le narra la extraña historia de la resurrección de Salvador, de cómo pareció muerto y resucitó camino al cementerio.

—Usted se está burlando de mí, ¿verdad? —le dijo Julieta con una sonrisa.

—No. No me estoy burlando de usted.

Y pasó a contarle la historia, desde que lo internaron en el hospital, su extraño paso por la cárcel del pueblo, su viaje hasta otra ciudad y el regreso a la familia.

Intrigada, Julieta se marchó a su recámara, pero no pudo dormir en paz durante toda la noche, con la imagen de Salvador buscándola en la maraña del sueño. Es así como Julieta Villalba decide postergar su viaje de regreso. Y no sólo por su atracción hacia Salvador, pues se trata de un hombre casado, padre de familia, sino porque decide utilizar sus días de vacaciones con el noble propósito de ayudar al cura Jacobo en su plan de alfabetizar a los Cerinza.

—Son unas personas muy nobles y laboriosas —le dijo Jacobo—. Pero son como niños en su interior. No saben leer ni escribir... No puedo dejarlos a la buena de Dios.

—Yo no puedo quedarme mucho tiempo, padre —propone Julieta—. Sólo tengo unos días de descanso... si usted acepta, puedo darle una mano en su cometido.

El padre Jacobo aceptó encantado, sin saber que esos días se iban a estirar hasta llegar a meses. Y que sería, precisamente en esos meses, cuando iba a surgir el amor entre Salvador y Julieta. Un amor sin palabras, espontáneo, feroz e imposible, alimentado por el roce diario en las labores de la hacienda, en las clases nocturnas, entre lecciones de suma y resta, cuando ella sonreía dulcemente para explicarle el misterioso mundo de los números, que se multiplican hasta formar sumas insólitas, y Salvador la miraba extasiado, sorprendido, encantado por el cálido verdor de sus ojos, por la insólita belleza de ella, que bajaba el tono de su voz para decirle en un susurro las letras del alfabeto, desde la A hasta la Z, y le enseñó a escribir su nombre poco a poco, con paciencia infinita, juntando su lánguida mano con la ruda de él, para guiarlo en el duro camino de anotar correctamente la primera palabra que trazó en el cuaderno de estudios: SALVADOR.

Se divirtieron como niños en la rima de palabras, cuando Julieta decía *zapato* y Salvador contestaba *gato, pato y plato para el boniato,* muerto de la risa, cosa rarísima en un hombre que meses atrás apenas abría la boca para pedir algo. Julieta disfrutaba con inmenso placer los descubrimientos de Salvador, como si ella también los hubiese ignorado siempre.

A los pocos días, él quiso aprender también a escribir el nombre de ella, que tanto le gustaba pronunciar, porque de solo decirlo la boca se le llenaba de un dulce sabor desconocido para él, y que luego descubrió se parecía mucho al sabor de las fresas que comió cuando niño, escondido en el mercado del pueblo. El nombre de Julieta comenzó a resonar en su mente, desde la mañana hasta la noche, inclusive en sueños, porque el amor había llegado a su vida para quedarse para siempre. Un amor que se fue cultivando en los paseos a caballo, en las visitas al pueblo, en las tardes de calor intenso, cuando Julieta llegaba con una jarra de limonada fría a donde él trabajaba, y entre risas le calmaba la sed causada por el sol. Eran gestos como aquellos, cargados de dulzura y bondad, los que aflojaban el corazón de Cerinza. Un corazón indomable, áspero en ocasiones, acostumbrado al amor duro y silencioso de Cantalicia, que sin embargo, se iba derritiendo con los soplos de ternura de Julieta.

Una tarde Salvador regresó más temprano que de costumbre a la casa. Desde media mañana, el techo del cielo se había convertido en una masa gris de nubarrones oscuros, que después del mediodía, se rompió en un aguacero torrencial. Empapado hasta los huesos, con su larga cabellera chorreando gotas de agua, Salvador entró por la puerta trasera de la cocina y llamó a gritos a Aurora. Nadie contestó a sus llamados. Cantalicia y Aurora estaban de compras para el mercado. A los pocos minutos apareció Julieta, envuelta en una manta.

—¿Puede traer algo para secarme? —le preguntó Salvador.

Cuando Julieta volvió a la cocina, permaneció por unos instantes sin decir una palabra, contemplando la imagen de Salvador. El joven hacendado estaba de pie, en el umbral de la puerta, de espaldas a ella. La camisa empapada cubría el respaldar de una silla. Detenida en el otro extremo de la cocina, envuelta en el olor exquisito del guiso de Aurora y la humedad de la lluvia, Julieta miró el torso desnudo del hombre, el relieve de sus músculos, y sintió una apremiante punzada de deseo, como un nido de avispas revoloteando en su vientre. Nunca antes le había ocurrido. Lo contempló unos segundos más, viendo también la cortina de lluvia caer afuera, como telón de fondo de la imagen.

Julieta se aproximó despacio, en silencio, conducida por ese deseo, y estiró una mano para alcanzar la espalda de Salvador, para sentir el calor de su cuerpo. Sin embargo se detuvo en el último instante, la mano en el aire, la respiración agitada. Colocó entonces la toalla sobre los hombros de él, y preguntó si tenía apetito para comer algo. Salvador se volvió sonriendo.

—Me puedo comer una res entera —dijo—. No sé la razón, pero en los días de lluvia tengo más hambre que nunca.

Aun turbada, Julieta dibujó una incómoda sonrisa, le dio la espalda, dirigiéndose al fogón, donde Aurora había dejado la comida preparada. Con el deseo extinguiéndose poco a poco de su cuerpo, abrió la cazuela.

—Fricasé de cerdo —dijo. Y tomando un cucharón en sus manos, probó el cocido—. ¡Hmm...! ¡Está riquísimo, Salvador...!

—Entonces, acompáñeme a almorzar.

El sabor del fricasé le devolvió a Julieta la paz espiritual, alejando el peligroso cosquilleo de su cuerpo. Sirvió dos platos.

—Cuando era niña —dijo Julieta al sentarse a la mesa—, me encantaba comer aquí en la cocina, sobre todo en los días de lluvia. Teníamos una cocinera muy alegre, una mulata gorda que mi padre trajo de regreso de uno de sus primeros viajes a Jamaica. Se la pasaba cantando todo el día y su comida era para chuparse los dedos.

—¿Vivía aquí sola con sus padres? —le preguntó Salvador mientras picaba un trozo de carne.

—Sí, viví aquí sola con mis padres —respondió Julieta, recordando con cara triste los días de su infancia—. Mi madre fue una mujer muy enfermiza, apenas salía de la casa, y como mi padre se pasaba las horas ocupado en la hacienda, yo tenía la casa para mí sola. A veces, sobre todo en las temporadas de verano, llegaban mis primos de visita desde la capital y pasaban un tiempo en la hacienda.

Mientras hablaba, los ojos verdes de Julieta adquirían un leve brillo, como iluminados por el recuerdo de aquellos días.

—No sabía que tenía primos —dijo Salvador—. Bueno, la verdad es que no sabía que tenía familia alguna.

—Mi madre fue hija única como yo, pero mi padre, Ramón, tuvo un hermano, Jacinto Villalba. Durante los años que estuvieron unidos, mis primos visitaron siempre La Alameda, pero luego, cuando mi padre rompió con Jacinto, desaparecieron para siempre.

—¿Su padre se enojó con su propio hermano? —preguntó Salvador.

Julieta no contestó de inmediato. Detuvo el tenedor en el aire y miró a los ojos curiosos de Salvador. Se dio cuenta que había entrado sin querer en un tema escabroso. Un tema que, a pesar del paso de los años, aun le dolía en el corazón.

—Bueno, si no quiere contármelo, no hay problema —dijo Salvador, al notar la indecisión de Julieta.

—No, está bien... Mi tío Jacinto tenía dos hijos, mis primos Mario y Margarita, así con *eme* como su madre Manuela. Como le conté, ellos venían de vacaciones a la hacienda cada año. Para mí era un acontecimiento tener la oportunidad de inventar juegos y travesuras con personas de mi edad, alguien con quien correr por los sembrados, esconderme en los rincones de la casa para que los adultos nos buscaran. A diferencia de Mario, mi prima Margarita siempre fue desde pequeña una niña llorona y malcriada, siempre amenazando con contarles a nuestros padres las cosas que hacíamos a escondidas. Y de alguna manera, durante esas temporadas de verano, entre Mario y yo fue naciendo una estrecha unión, apartándonos con el tiempo de su hermana, por la simple razón de que no era atrevida y arriesgada como nosotros. No recuerdo exactamente que edad teníamos, quizá doce o trece años, cuando me di cuenta que estaba completamente enamorada de Mario. Era un amor de niña, tonto y lleno de fantasías ingenuas, pero así y todo, empezamos a vernos a escondidas… hasta un día en que su hermana nos vio besándonos y se lo contó a nuestros padres… Mi madre puso el grito en el cielo y le pidió a mi tío Jacinto que no volviera más con sus hijos a la hacienda. Por su parte, mi tío, acusó a mi padre de dejarse dominar por su esposa… y entre discusión y palabras de enojo, rompieron para siempre. Aquel día, después que Mario se marchó junto a sus padres, perdí el apetito y me pasé un mes encerrada en mi cuarto.

Julieta hizo silencio. Salvador estaba embelesado con el cuento. Quiso preguntarle más de la historia, pero sintió pena de pronto. Entonces dijo:

—Para mí, dejar de comer por otra persona es lo más raro del mundo.

—¿Y nunca se enamoró de Cantalicia? —le preguntó Julieta.

—Bueno, si enamorarse es pensar en otra mujer…

—Dígame una cosa, Salvador ¿Cómo conoció a Cantalicia?

Salvador sonrió y dejó de comer.

—Fue algo gracioso… así como usted me dijo una vez, eso del destino escrito, porque en el baile que conocí a la Cantalicia, yo había ido en busca de otra muchacha.

—¡No me diga! —dijo Julieta divertida—. ¿Y cambió de parecer en el último momento?

—No, el padre de la otra muchacha me obligó a cambiar a la fuerza.

—¿Cómo así...?

—La muchacha se llamaba Fernanda. Yo siempre la veía pasar por el mercado, llevando una canasta de frutas. Me gustaba mucho su pelo negro, así como el suyo. Tenía un olor muy rico cuando se paraba frente a mí a comprar viandas... luego supe que era colonia de violetas entonces yo no hablaba nada, ni una palabra. Un conocido del rancho me dijo su nombre, y también en donde vivía y una noche me llevó hasta la entrada de su rancho. El padre salió afuera, y mi amigo le dijo por mí que yo estaba interesado en Fernanda. El hombre se puso muy furioso, me trató de muerto de hambre, de burro y me dijo también que su hija estaba comprometida con otro hombre, que si me volvía a ver por esos alrededores me rajaba a machetazos. Y así la dejé de ver. Hasta un día en que ese amigo me llevó a un baile en Las Cruces donde ella iba estar, pero allí estaba también su padre. Y, para evitar problemas, me senté junto a la primera muchacha sola. Era Cantalicia.

Julieta se quedó anonadada. Le pareció increíble la historia. Pero después recordó otros cuentos que le narraron, sobre jóvenes comprometidos desde el día de su llegada al mundo, historias de amores imposibles que escuchó de la boca de campesinos cuando era niña y todavía vivía en La Alameda. Salvador la sorprendió con una pregunta:

—¿Y todavía usted piensa en ese primo suyo?

—¡No, por Dios, Salvador! —dijo divertida—. Eso fue un romance de niña. Actualmente Mario y yo nos comunicamos como amigos. Nos tenemos mucho cariño. Él está casado y tiene dos niñas hermosas.

—¿Y usted cuando se va casar? —le preguntó Salvador.

Julieta buscó, en lo más hondo de su mente, una respuesta sincera para decirle, pero no tuvo el valor de expresarla. Lo miró con tristeza, y luego miró afuera. Los rayos del sol empezaban a salir. Desde lejos, colmando los álamos, llegaba el silbido de los gorriones.

—Cuando encuentre el hombre de mi vida —dijo al fin.

Julieta dejó los cubiertos en el plato, se puso de pies en silencio y abandonó la cocina, ante la mirada indecisa de Salvador. El joven hacendado perdió también el apetito.

Al día siguiente, sin embargo, el tenso episodio de la cocina le dio más abono a sus fuerzas. Trabajó bien duro todo el día, sin descanso, concentrado en la faena, y Julieta regresó con su jarra de limonada fría y sus clases después de la cena. Volvieron a reír juntos, a contarse secretos que ninguno de los dos había contado nunca. Julieta trazaba una línea imaginaria entre Salvador y ella, cuidando no llegar muy lejos. Empezó a medir sus palabras, a controlar sus actos, a evitar el contacto con la mano del hombre, porque el sólo roce de sus manos con la piel de Cerinza la sacaba de su órbita de control, y sentía un miedo terrible de sucumbir a la pasión. Ella, que se había convertido en una mujer experimentada de la vida. Ella, que nunca perdió el dominio de su carácter, estaba anestesiada por aquel hombre medio bruto y salvaje.

Y el amor entre ellos fue creciendo con los días, atizado también por la ausencia de Cantalicia, encargada de rejuvenecer y poner orden doméstico en la casa de la hacienda, ocupada en los trajines de remodelación, impartiendo órdenes a carpinteros, plomeros y albañiles, que el primer lunes de octubre tomaron por asalto la vieja casona y se marcharon el último viernes del mes, dejándola totalmente transformada. Entonces comenzó a salir de compras a diario, acompañada de Aurora, la nueva empleada doméstica, contratada con la dura misión de ayudar a la dueña a encontrar todos los utensilios necesarios para el hogar, todos los muebles para decorar la casa, desde la cama matrimonial hasta el horno eléctrico que Cantalicia usó en pocas ocasiones, porque no confiaba en aquel círculo rojo metálico, así como manteles, servilletas, toda la platería y lencería necesaria para una casa en ruinas. Al principio, Cantalicia y Aurora montaban todas las cajas en la vieja camioneta de Salvador y allí las transportaban hasta La Alameda. Pero un día, al tomar una curva peligrosa, una caja de copas voló por el aire y se estrelló en medio de la carretera, para que un camión lleno de frutas le pasara por encima, haciendo añicos de vidrios la caja entera.

Al día siguiente, el padre Jacobo acompañó a Cantalicia hasta un vendedor de coches y la obligó a comprar un auto nuevo, a pesar de las negativas de la mujer, pero que luego le fue tomando el gusto a su auto deportivo color rojo vino, y mucho más cuando Aurora le enseñó a manejar. Cantalicia entonces comenzó a visitar el pueblo las Cruces más a menudo, visitando las tiendas, bajo la mirada curiosa y de envidia de algunas mujeres, que sospechaban del cambio repentino que se fue experimentando en aquella campesina. De la noche a la mañana, Cantalicia se había convertido en la esposa de un hacendado. Vestía diferente, limpia y arreglada, con una sonrisa de seguridad. Además, ahora sabía leer y escribir, lo suficiente como para entender y discutir la variedad de precios.

En sus primeras visitas a las tiendas del pueblo, Cantalicia se mostraba tímida, insegura, apenas hablaba, dejando a Aurora tomar las decisiones en la compra, pero poco después, influenciada en parte por el sorprendente servilismo de los vendedores, fue tomando parte del asunto, regateando precios, escogiendo colores para la pintura de la casa, modelos de cerámica para las baldosas, los adornos de la sala, de los cuartos y el baño. Tardó un día completo decidiendo que tipo de uniforme debería usar Moncho para la escuela, porque el cura Jacobo le había explicado la diferencia entre una escuela privada católica y una escuela común, y ella repasó un uniforme tras otro, hasta estar convencida de que aquella combinación, de pantalón azul y camisa blanca, estaba de acuerdo con la dignidad y las normas católicas del Señor.

Nadie supo con exactitud cuando occurió el cambio. Pero Cantalicia le fue tomando gusto al dinero. Para sorpresa de todos, la nueva fortuna empezó a transformar su forma de vivir y de pensar, mostrando un lado escondido de su personalidad: la ambición. Si en un inicio no le había entusiasmado mucho el valor del dinero, ahora, al conocer el poder que ejerce sobre las personas, la cantidad de gustos y satisfacciones que ella conoció gracias a ese mismo poder, la fueron convirtiendo en una adicta a poseerlo en sus manos, a gastarlo a su antojo, en objetos a veces sin importancia.

Atónito, el propio Salvador era testigo silente de la transformación de Cantalicia. La mujer había comenzado a apartarse de su vida, como un ser ajeno, extraño. En las noches, solos en su alcoba, Salvador intentaba un acercamiento, luego de haber pasado alejados todo el día uno del otro, cada cual en sus tareas. Pero Cantalicia se mostraba fría, justificando cansancio, preocupación.

—¿Por qué no apagas esa luz, mijo? —le dijo Cantalicia una noche, mientras Salvador leía a duras penas un libro de cuentos que le había regalado Julieta.

—Ya me falta un tanto para terminar este cuento —respondió él.

—Te vas a volver un tonto leyendo esas cosas —dijo Cantalicia y le dio la espalda en la cama.

Creyendo que su esposa lo invitaba al amor, Salvador sonrió, cerrando el libro y apagó la luz de la lámpara de noche. Una cálida oscuridad envolvió la atmósfera del cuarto. Salvador se deslizó en la cama, abrazándola, acariciando su cabello, tanteando su cuerpo bajo las sábanas, pero sólo encontró inmovilidad en su pareja. Cantalicia no movió un músculo de su cuerpo. Se mantenía frígida, estática en su posición, con los brazos cruzados, las piernas unidas, de espaldas a Salvador, que trataba sin conseguirlo ablandar la tensión de ese cuerpo tantas veces amado, de ese cuerpo ahora desconocido, ajeno a sus caricias.

—¿Qué te pasa, mujer? —dijo él suavemente.

—Nada, estoy agotada de tanto trabajo.

—Yo también lo estoy… —dijo Salvador besándole el cuello—. Vamos a cansarnos más todavía y así dorminos como niños.

Sin decir palabra, Cantalicia se libró de su abrazo, alejándose de él sobre la cama. Salvador soltó un suspiro de cansancio. No era la primera vez. Desde que se habían instalado en La Alameda, algo raro le estaba ocurriendo con su esposa. Era como si la nueva vida que llevaban, las nuevas obligaciones, los nuevos lujos, la fueran distanciando poco a poco. Sin embargo, Salvador tenía fe en que muy pronto su esposa volvería a ser la misma, cuando ella se acostumbrara a esa nueva vida. Pensó, mientras el sueño iba cubriendo sus sentidos, que aquel comportamiento era normal en su esposa, que Cantalicia siempre había sido una buena mujer y que él estaba agradecido de tenerla a su lado. Después, en la madrugada, soñó que estaba pensando en su esposa, pero de pronto, sin saber ni entender el motivo, comenzó a pensar más en Julieta que en la mujer que ocupaba el otro extremo de su cama.

Pocos días después, un viernes en la noche, Salvador terminó enojado con Cantalicia por haber olvidado, una vez más, el recado de comprar una cortadora de césped.

—Que venga un jardinero, mijo —le dijo Cantalicia sin prestarle importancia al asunto.

—¿Para qué un jardinero si puedo hacerlo yo mismo?

—Porque tenemos dinero pa' pagarlo.

El mismo sábado en la mañana, Salvador se levantó temprano como de costumbre, tomó un jarro de café negro sin azúcar en la silenciosa cocina y luego salió al portal en busca de su vieja camioneta. Al encender el motor, Julieta se asomó por una ventana y le pidió que esperara por ella. Fueron juntos al pueblo, compraron la cortadora de césped, visitaron algunos lugares. En la tarde, cuando regresaban juntos de las Cruces, la camioneta de Salvador sufrió un desperfecto y se vieron obligados a un alto en el trayecto. Como ambos desconocían el diagnóstico del problema, no les quedó otro remedio que continuar el camino andando. Julieta conocía un sendero más corto y lo tomaron, atravesando el monte, entre las risas de ella y la confusión creciente de Salvador, quien nunca supo manejar a las mujeres atrevidas. A la media hora de camino se toparon con un río de aguas diáfanas, adornado de una cascada de baja altura. Julieta no pudo contener las ganas de mojarse.

—¡Vamos a bañarnos! —le gritó alegremente a Salvador.

—¿Se volvió loca? —dijo él sorprendido—. Vamos a coger un resfriado.

—¿Resfriado con este calor? —respondió Julieta y caminó hasta la cascada.

Así vestida, sin quitarse una sola prenda de su ropa, Julieta entró al chorro de agua dulce que se precipitaba sobre las rocas. Al sentir el agua sobre su cuerpo soltó un alarido. Después alzó la cabeza, cerró los ojos. Dejó que el aguacero cubriera todo su cuerpo, causando que todas las curvas de su cuerpo perfecto se dibujaran, nítidas y perfectas, bajo la transparencia de la ropa empapada. Salvador la observó atónito, asustado de su propia ansiedad, mientras Julieta se divertía como una niña traviesa.

—¡Venga! —le gritó ella, extendiéndole una mano para invitarlo.

Salvador permaneció inmóvil por un instante, escuchando el rumor sordo de la cascada, contemplando aquella visión, como contempla el más fiel creyente un milagro ante sus ojos. Se preguntó qué hacer, qué pasos dar, hasta que ella, conducida por la pasión de tantos días de ansiedad reprimida, salió del chorro y lo agarró por una mano. Después lo condujo a sus labios húmedos. Y lo besó profundamente, con los ojos cerrados, para luego desnudarlo de sus ropas y su vergüenza.

Esa misma noche, mientras evocaba ese sublime encuentro en la cascada, Julieta Villalba decidió regresar a Europa. Había llegado muy lejos. Salvador estaba cambiado totalmente, en gran parte por la influencia de ella, por su cariño sincero, sin pedir ni exigirle nada a cambio. Sin embargo, como mismo notó ese cambio drástico en Salvador, también se dio cuenta del peligro. Se vio a sí misma al borde de un abismo creado por ella. Sí, era cierto que Julieta amaba profundamente a Salvador, pero era un amor sin horizontes, sin futuro, irreal. Además, sería incapaz de romper el matrimonio de su amado. De cierta manera, Julieta también le había tomado cariño y respeto a Cantalicia, y no podría soportar el dolor de ver a la mujer sufriendo por su culpa. Era mejor cortar por lo sano la herida antes que doliera demasiado. Sin pensarlo mucho, sin despedirse para evitar tristezas e incomprensión, Julieta recogió su maleta. A las dos de la madrugada llamó un taxi, bajó de su cuarto y se subió al coche. Asomado por las cortinas de su ventana, Salvador vio a la mujer que más quiso en su vida huyendo de su amor a escondidas.

4.

SIMON Y VALERIA SE CASAN

Parado frente al espejo de su cuarto, atándose la corbata de palomita, Simón de repente recuerda la boda de Pedro José Donoso e Isabel Arrollo. Se recuerda a sí mismo corriendo semidesnudo entre las mesas del patio, adornadas de flores y manteles de lana, gritando de alegría mientras perseguía como un lobo feroz a una de las jóvenes doncellas. Le parece increíble lo rápido que corre el tiempo. Lo rápido que se van los años entre la adolescencia y la juventud. A través del espejo, ve a su madre, Abigail, mirándolo en silencio, con los ojos húmedos.

—No me digas que te vas a poner a llorar ahora —le dijo Simón—. Como si me fuera de la casa después de la boda.

—No estoy llorando por eso, muchacho. Lloro porque pienso en lo orgulloso que se sentiría tu padre si pudiera verte.

Simón dio media vuelta y se apartó del espejo. Con los brazos abiertos fue hasta ella, la abrazó.

—Mi padre me está viendo, mamá —dijo para consolarla—. Y estoy seguro que debe estar muy contento allá arriba, y que se va divertir un mundo viendo todas las bromas que te haré todo el día.

Abigail besó a su hijo en la frente y se permitió una sonrisa. En eso la puerta se abrió. Era Antonio.

—Vamos a llegar tarde, Simón —dijo el hermano, vestido también de etiqueta—. ¿Por qué te has tardado tanto?

—Porque el traje que compré para la boda no me gustó para nada —dijo, regresando ante el espejo—. Parecía un empresario de funerarias.

—¡No digas esas cosas, Simón! —le regañó Abigail—. Hablar de muerte en el día de bodas trae mala suerte.

—Yo no creo en nada de eso, mamá —respondió sonriendo—. Y te dije que estaré haciendo bromas todo el día, así que prepara tu carácter.

Antonio y Simón besaron a su madre y salieron del cuarto. Abigail se quedó un momento allí, seria y pensativa, recordando su boda con el padre de sus hijos. Había sido muy dichosa en aquel memorable día, y aunque su mente olvidó con los años la mayoría de los detalles, hubo un momento especial que quedó grabado en su memoria con el fuego del amor. Fue el instante en que sus trémulos labios dijeron el sí, y pudo besar al fin a su novio, ante la lluvia de aplausos de los escasos invitados. Ella lo besó con todas sus fuerzas, con todas sus ganas, porque llevaba un mes entero sin tocar los labios de su amado, desde el día en que el hombre se cayó a puñetazos con otro joven por haber ofendido a Abigail. En la consulta, con los labios destrozados a carne viva, ella fue testigo de la receta del doctor:

—Toma esta crema y úntatela todo el día —dijo el galeno. —Y nada de besos con ella durante un mes.

Simón bajó alegremente las escaleras de su casa, saludó a Viky y las demás sirvientas, que lo despedían más nerviosas que él mismo, y se montó junto a Antonio en el coche que lo llevaría a la iglesia. El joven se sentía tranquilo. Al fin había llegado su día. Pensó, mientras el coche rodaba por las avenidas, que ya no existía nada en el mundo capaz de separarlo de Valeria. Él era el dueño de su destino, de su futuro.

—¿No te sientes nervioso? —le preguntó Antonio.

—Para nada —contestó con calma—. Me imaginé tanto este día, que ahora que lo estoy viviendo, lo conozco de memoria. —Y sonrió satisfecho, mirando por la ventana del coche.

Lástima que la novia no estaba igual de contenta. Desde principios de semana, más exacto desde el martes anterior, Valeria padecía de mareos repentinos y extraños dolores de cabeza. Le ocurrió por primera vez durante la visita al modisto que preparaba su traje de bodas. Valeria se encontraba de pie, con los brazos extendidos, mientras el diseñador medía con cinta sus curvas delgadas. El hombre revoloteaba a su alrededor, dictando en voz mansa las medidas a su asistente, sentada a su costado. La joven se divertía con los cuentos y ocurrencias del hombre, quien contaba entre su clientela con personajes famosos y estrafalarios. Frente a ella, grande y rectangular, un espejo le devolvía su imagen. Valeria se miraba en el espejo, cuando de pronto sintió una fuerte punzada en la cabeza. Llegó sin aviso, como un golpe traicionero.

—¡Por Dios, mi niña! —exclamó el modisto, al ver a Valeria casi caer—. ¿Qué te pasó?

Valeria se llevó las manos a la cabeza. Le pareció que todo en el cuarto daba vueltas. Las piernas se le aflojaron.

—¡Siéntese, siéntese aquí señorita! —la agarró de la mano la asistente.

—No es nada… no se preocupen —dijo Valeria.

—¿Cómo que no es nada? —protestó el sastre—. Si faltó poco para que te desmayaras.

—Debe ser por el cansancio —dijo Valeria—. Llevo varios días sin dormir, preocupada por la boda.

La asistente se fue y regresó con un vaso de agua. Valeria bebió un sorbo. Tenía la tez del color del mármol.

—¿Por qué preocuparte, si todo va quedar estupendo? —dijo el modisto—. Ya quisieran muchas jóvenes de Río Claro casarse con ese joven.

—Está muy pálida, señorita —dijo la asistenta—. ¿No estará encinta?

—No, no lo creo.

Lo dijo sin convicción, porque en realidad no estaba muy segura. La pasión y el amor que sentía por su prometido, la habían llevado a entregarse a él sin remordimientos de conciencia, mucho antes de la unión matrimonial. Valeria no era mujer de costumbres arcaicas, ni creyó nunca en pecados de carne, pero cuidaba su cuerpo como un templo: sólo accedió a su interior el hombre de su vida. Y ese hombre escogido era Simón, el futuro padre de sus hijos.

No le importaba en lo más mínimo quedar embarazada. Se entregó sin preocupaciones, sin temores de embarazo. De todas formas, tarde o temprano, los hijos tendrían que llegar.

—¿Quiere que la lleve hasta su casa? —preguntó la asistenta—. Me parece que no debe manejar un coche en ese estado.

—No se preocupe, me siento mejor —dijo Valeria.

El fuerte dolor se había evaporado, pero sus ecos la tenían atolondrada. La asistente le dio un par de aspirinas. El sastre terminó de tomar las medidas, Valeria se despidió, y regresó a la casa Donoso.

Al día siguiente, Ángela la llevó a su ginecólogo. Después de examinarla por espacio de una hora, el médico le confirmó que no estaba embarazada. Sus repentinos dolores de cabeza podían ser migrañas, dijo el doctor, causadas por los nervios o el estrés de la boda inminente, la fatiga, o la falta de sueño. Valeria se sintió aliviada.

—Pues para serle sincera, doctor —dijo Valeria con una sonrisa—. Tengo los nervios en paz. El estrés no lo conozco desde que mi tía Rebeca regresó a su pueblo, y duermo todas las noches como una niña pequeña.

Ángela y Valeria rieron divertidas.

—Entonces, señorita —dijo el doctor con idéntica sonrisa—. Es posible que, o uno de sus nervios esté intranquilo, o su tía Rebeca esté al regresar, o sus sueños se estén volviendo pesadillas.

—Su tía Rebeca falleció, doctor —dijo Ángela.

—¡Ay, cuánto lo siento, no fue mi intención…!

—No se preocupe, doctor —interrumpió Valeria—. Mi tía Rebeca causó más tristezas que alegrías en esta vida.

No obstante los padecimientos de la novia, la boda de Valeria y Simón se llevó a cabo el sábado siguiente. Se casaron en la Iglesia principal de Río Claro, ante el párroco Javier de Jesús María, un anciano de grandes gafas y cabeza nevada, a quien todos recordaron por su insólito humor. Valeria caminó hasta el altar, llevada del brazo por Antonio, abriéndose paso entre la hilera de invitados. La novia de Simón estaba más bella que nunca. Ella sentía el cosquilleo de sus nervios, mientras se acercaba al altar donde el novio y los testigos la esperaban. Luego escuchó con paciencia las palabras del padre Javier, quien lo mismo leía un pasaje de la Biblia, que le preguntaba a Simón porque no se había peinado.

Al fin llegó la hora de besar al novio. Valeria levantó el velo transparente, clavó sus ojos negros y profundos en Simón, y al cerrarlos para el beso, una fuerte punzada atacó su cerebro. El mundo entonces le dio vueltas, y cayó en un abismo de oscuridad. Su cuerpo se desplomó en los brazos del novio.

—¡Jesús Santo! —gritó el cura—. ¡Los nervios la aniquilaron!

—¡Valeria, Valeria! —exclamó Simón.

Un murmullo de voces recorrió por la iglesia, donde estaban los invitados. Los miembros de la familia corrieron al altar.

En ese momento, Valeria despierta llena de pánico, casi sin aliento, pero todo su entorno ha cambiado. En lugar de la Iglesia, ahora se encuentra en un cuarto oscuro, postrada en una cama de hospital sin poder mover un músculo de su cuerpo. Asustada, sin comprender lo ocurrido, la pobre mujer grita desconsolada, pide ayuda, intenta soltarse de las ataduras que le impiden levantarse, siente su cuerpo adormecido. Sus gritos de espanto salen del cuarto y recorren los pasillos. Segundos más tarde, la puerta se abre y entra un hombre vestido de enfermero, con unos auriculares de radio en las orejas. Valeria le dispara preguntas desesperadas.

—¿Dónde estoy? ¿Quién es usted? ¿Por qué no puedo moverme?

—¡Cálmese, señora, ya el doctor está en camino —responde agitado el enfermero.

—¿Por qué razón no puedo moverme?

—Ya viene el doctor, tranquilícese... usted lleva muchos días inconsciente, señora... ha despertado de milagro.

Valeria no puede ni desea creer en sus palabras, debe ser una atroz pesadilla, una alucinación de sus sentidos. Un dolor punzante ataca otra vez su cabeza, un dolor profundo acompañado de un sonido misterioso, mucho más fuerte que en ocasiones anteriores. Valeria aprieta sus ojos con fuerza, como si con el gesto pudiese espantar la pesadilla. Entonces despierta bañada en lágrimas, bajo un cielo de colores dorados, de luces cálidas, escuchando las palabras de Simón, quien la sujeta en sus brazos. La pareja está rodeada de toda la familia y algunos invitados que observan atónitos sin comprender lo sucedido.

—¿Estás bien, Valeria...? —pregunta Simón agitado.

—Sí, sí... estoy mejor —respondió confusa—. ¿Qué me ocurrió?

—Perdiste el conocimiento —dice Abigail.

Un poco después, el párroco Javier decide repetir las palabras «Puede besar a la novia», exigiendo a los recién casados otro beso menos frívolo y asustadizo que el primero. Todos los invitados aplauden. Valeria y Simón se ríen divertidos.

El banquete de recepción se llevó a cabo en los jardines de la casa Donoso. Dos grupos de mariachis alegraron la fiesta, compitiendo por llamar la atención de los invitados. Confundida en sus preparativos, Abigail había encargado a Ángela el contrato de un grupo musical para amenizar la velada, pero al día siguiente lo olvidó totalmente. Fue así como pagó los servicios de otro quinteto mexicano. Al regresar de la iglesia, encontró a Viky en medio de un tumulto de sombreros charros y trajes de vaqueros, porque ambos grupos se disputaban la presencia en el banquete.

—¡Basta ya de discusiones! —saltó Abigail en el pleito—. Hoy es el día más feliz de mi hijo. De modo que se me ponen cada grupo en una esquina apartada de la fiesta, para que no me moleste al otro, y a cantar rancheras ¡que la noche es joven!

Llegada la noche, los novios se despiden bajo una lluvia de arroz y se suben a un coche que los llevará a disfrutar su luna de miel en la playa Santa María, en la misma casita en donde Salvador e Isabel se amaron por última vez, aquella noche inolvidable antes de emprender su viaje a la muerte. El coche de los novios se aleja de la casa, dejando a su paso el sonido del claxon que va desapareciendo poco a poco en la distancia. Los invitados reanudan la parranda. Agotada por la jornada, Abigail llama aparte a Viky y le da instrucciones.

—Me voy a retirar a mi cuarto. No puedo más.

—¿Me va dejar sola con esta gente toda borracha? —se asustó Viky.

—No exageres, mujer. Antonio está allí con sus amigos, que de seguro se retiran tarde. Ocúpate solamente de que a nadie le falte nada. Y mantén separados a los mariachis, mira que no quiero bronca a esta hora de la noche.

—¿No va a llegar ningún invitado más? —preguntó Viky.

—La única que no llegó nunca fue Gaetana... ¿Estará enojada con nosotros?

—No lo creo —dijo Viky—. Pero de todas maneras, no entiendo porqué razón tuvo que invitar a esa mujer estrafalaria.

—Porque Valeria me lo pidió... Aunque no sé la razón.

En efecto, Valeria había enviado una carta de invitación a Gaetana desde que supo la fecha de la boda. Entre ella y la espiritista no existía una relación unida. Sin embargo, la amistad entre el difunto Pedro José y aquella mujer misteriosa y extravagante siempre le llamó la atención. En los días posteriores al regreso de Salvador con su familia, Valeria recorrió curiosa los anaqueles de la biblioteca, buscando libros sobre resurrección y otros temas paranormales, matando las horas aburridas mientras esperaba el regreso de Simón a la casa. Nunca se atrevió a visitar a Gaetana en su propia casa. Entonces optó por enviarle una invitación y así podía saciar su hambre de curiosidad la noche del banquete. Gaetana recibió con agrado la invitación. La perdida de Pedro José Donoso, luego de tantos años de amistad, la había sumido en una tristeza profunda. Solamente las locuras de su nuevo marido, Evaristo Canales, lograban distanciarla de su aflicción. La espiritista es ahora una esposa tranquila, cuida de un pequeño bar, en consorcio con su esposo, y pasa las horas leyendo libros en vez de manos ajenas, pues hace rato abandonó su negocio de contactar seres muertos.

—Qué sorpresa tan grata —le dijo a Evaristo cuando abrió el sobre—. La familia de Donoso me invita a la boda de Simón.

—Para algo raro te querrán —dijo él—. Esa gente de plata sólo se acuerda que existes cuando está en problemas.

Gaetana dejó el sobre en una mesa. No le gustaba que hablaran mal de aquella familia. Sobre todo después de las desgracias que sufrieron.

—En esa familia, los únicos seres detestables eran la vieja bruja de Rebeca y aquel mayordomo criminal —le dijo a Evaristo—. Los demás son personas de buen corazón, respetables.

—Para mí, todo el que tiene mucha plata esconde un crimen en el armario. No le tengo confianza a ninguno de ellos.

—¡No digas barbaridades, Evaristo! El difunto Pedro José levantó esa fortuna con el sudor de su frente.

—Claro, igualito como yo levanté el bar —dijo Evaristo y sonrió irónico.

Gaetana se levantó enojada. Evaristo la detuvo.

—Espera, si tú quieres asistir a la boda, puedes ir sola. Pero conmigo no cuentes.

—Tú eres mi marido, Evaristo. Se supone que debemos ir juntos ¿Tú crees que no te conozco? Me dices que vaya sola y luego te pasas una semana con cara de perro... No, olvídalo.

Y se marchó a su recámara. Esa noche, al abrir las ventanas de su cuarto para dejar entrar el fresco nocturno, Gaetana sintió de repente un viento frío que le heló el alma. Lo sintió primero en su rostro, en los párpados y en los labios, y después se fue transformando en un escalofrío que erizó la piel de su cuerpo. Ella no se asustó. Más bien experimentó una vaga sensación de angustia, de tristeza ajena. Acostumbrada a lidiar con las almas intranquilas de este mundo, Gaetana cerró los ojos e intentó descifrar el mensaje del viento frío. Entonces lo supo.

Como ocurrió con el difunto Donoso, algo extraordinario estaba a punto de suceder. Un alma moribunda luchaba sin tregua, con todas sus energías, por no marcharse del mundo de los vivos. Un espíritu maligno, en búsqueda desesperada de un cuerpo joven para reencarnar. Un espíritu vengativo, que aun no estaba en paz con los vivos porque su vida había estado plagada de desgracias, incomprensión e infortunios. Una mujer al borde de la muerte, acostada en la cama de algún hospital lejano. Rebeca Mancedo en busca de su revancha.

5.

EL HACENDADO SALVADOR CERINZA

La sorprendente desaparición de Julieta Villalba marcó un punto de giro en la nueva vida de Salvador. Gracias a su ausencia, él conoció por primera vez el dolor del amor, la desilusión de ver esfumarse ante sus ojos el objeto del deseo sin poder hacer nada para impedirlo. Pero Salvador guardó su dolor en silencio, sin decir palabra ni quejarse, como se guarda un papel viejo en una gaveta. Solamente preguntó por ella en la primera noche, durante la cena.

—Anoche vi un taxi recoger a Julieta —le dijo a Cantalicia—. No sabía que tenía planes de irse.

—Se le presentó un asunto urgente en París —dijo ella—. Al menos, eso me contaron.

—¿No te dijeron si volvía?

—Yo creo que no regresa —dijo Cantalicia y paró de comer. Lo miró por encima de la mesa—. Pensé que estabas enterado.

—No, no me había dicho —dijo él, sin expresión alguna en su rostro, escondiendo el dolor que laceraba sus entrañas.

Cantalicia lo contempló por unos segundos, con esa mirada inquisidora, penetrante, que tiene toda mujer cuando nota algo raro en su esposo. Salvador evitó tropezar con sus ojos en la mesa. Cenó en silencio, sin hablar otra palabra. Luego se dirigió al nuevo despacho. Allí lo agarró el sueño, leyendo un libro de enciclopedias, recostado en el sofá. Soñó toda la madrugada con Julieta, con su cuerpo desnudo bajo las aguas diáfanas de una cascada, con su pelo de ébano y sus ojos verdes. Mientras hacían el amor, ella le susurraba palabras al oído, frases llenas de ardor y pasión, ternura y cariño, y le pareció de repente, que ambos quedaron sostenidos en el aire ligero de la tarde, los cuerpos unidos, como si la identidad de ellos se esfumara, poco a poco, hacia un mundo impalpable; el mundo de su amor único, eterno e irrepetible.

Despertó a las cinco como de costumbre. Abrió los ojos y miró a su alrededor. No reconocía el lugar. Entonces vio los montones de libros, el escritorio con olor a barniz, la lámpara aun encendida, y recordó que había dormido en el despacho. Se sentó en el sofá y pensó otra vez en Julieta, repasando los detalles del sueño.

—Así que es esto —dijo para sí—. Esto es el amor.

Fue todo lo que quiso saber. A partir de aquella noche, su inexperto corazón volvió a cerrar el poco espacio que Julieta había abierto. Dejó atrás los días pasados. Concentró sus fuerzas, su esmero, en la

difícil y titánica tarea de levantar una hacienda productiva a partir de un campo estéril y abandonado. Él mismo se encargó de buscar empleados fuertes, laboriosos, casi todos campesinos ya conocidos, quienes se sorprendieron al reencontrarse con el nuevo Salvador. Para estos hombres de campo, su nuevo patrón era como un compañero más, pues trabajaba a la par de ellos, desde temprano en la mañana hasta la caída del sol. Lo admiraban, lo respetaban y obedecían. Muy pronto, la buena fama del hacendado Cerinza se extendió por todos los alrededores del pueblo Las Cruces. Cuando al fin el sudor y el diario sacrificio en el cuidado de los sembrados empezaron a dar los primeros frutos, Salvador se tropezó con un nuevo obstáculo en su camino. No tenía a quien venderle la mercancía. Contactó a los distribuidores del mercado, visitó a otros hacendados en busca de ayuda, pero le cerraron todas las puertas. Él no entendía los motivos. Pensó que era obra de la competencia, de la avaricia de los hombres, que tratan de sofocar al nuevo rival en el negocio. Eso imaginó Salvador durante días, hasta que chocó de frente con la verdad.

—Anteayer, me dijiste que estabas completo de pedidos —le dijo a un vendedor del mercado—. Y ahora veo que le compraste la mercancía a aquel hombre, y ni siquiera vive en Las Cruces.

El vendedor, de nombre Aquiles, no era un mal hombre. Había tratado de ocultarle la verdad a Cerinza para no herirlo, y también para cuidar su puesto en el mercado, pero al fin no pudo más.

—Mire, Salvador —dijo en tono triste—. El dueño del mercado está presionando a la gente para que no le compre las frutas.

—¿Y eso porqué?

—Porque a su vez, él está presionado por los otros hacendado

parece que ven con malos ojos su progreso en La Alameda. Yo no lo entiendo, pero oí con estas orejotas a don Camilo Beltrán, el dueño de La Fuente, decirle a su capataz Gregorio que no entendía como podía trabajar bajo las órdenes de un campesino bruto e ignorante.

—¿Y Gregorio qué dijo?

—Bueno, que eso a él le importaba un rábano, que mientras le pagaran su salario, trabajaba bajo las órdenes de cualquiera, así fuese Satanás.

—Dime, Aquiles: ¿dónde rayos meto todo esos frutos?

—Va a tener que venderlos en otro pueblo, Salvador —dijo con sinceridad—. Mire como la gente lo mira.

—¿Me mira cómo?

—¿Es que no recuerda? —preguntó el vendedor—. A la gente aquí no se le ha olvidado todavía cuando resucitó...

—¿Resuci... qué?

—Resucitó, Cerinza, cuando lo llevaban pal cementerio y rompió la caja de muerto. La gente por aquí todavía piensa que usted es algo así como un enviado del diablo, un tipo peligroso.

Salvador no recordaba que el espíritu de Pedro José Donoso había roto aquel féretro. Se marchó del mercado confundido, con el ánimo arrastrado por los suelos, acompañado de miradas de reojo y comentarios en voz baja. No encontraba la solución en su mente, no entendía como él, un hombre tranquilo, trabajador, podía despertar en los demás ese rencor ciego. Salvador no lo sabía por una sencilla razón: nunca en su vida, ni siendo el más mísero campesino de Las Cruces, el sentimiento de envidia ocupó espacio en su corazón. Mientras caminaba por el pueblo, o entraba en una tienda, o se detenía en su camioneta, él había percibido esas miradas, esas voces

apagadas, como si tuviera pintado un mono en su cara. Sentía también como su presencia alteraba, de manera singular, el comportamiento de toda persona a su alrededor. Primero pensó que eran cosas de mujeres, aunque no tardó mucho en darse cuenta que también ocurría con los hombres. Después creyó en la simple idea de la curiosidad, pero no fue hasta el encuentro con Aquiles, el vendedor, que entendió la realidad.

Una realidad dura, que a veces se volvería peligrosa. Como aquella tarde en la feria, cuando Salvador y Cantalicia se animaron a pasear por el pueblo. Moncho se encontraba de vacaciones escolares por unos días, coincidiendo con las fechas de la feria popular. Los tres caminaban entre las diversiones, tranquilos y felices, confundidos en el tumulto de la feria. A cada paso, Salvador sentía las miradas hostiles. No hizo caso. Al contrario, mantenía a Moncho entretenido, deteniéndose a jugar en las atracciones. Hasta que ya no pudo evitarlo, en el momento en que un grupo de hombres pasó a su lado.

—Miren quien está aquí —dijo uno de ellos—. El animal con dinero.

Un estallido de risas siguió las palabras. Salvador se detuvo y dio media vuelta, con el coraje apretando sus puños.

—No hagas caso, mijo. —le dijo Cantalicia—. ¿No ves que quieren buscar jaleo?

Salvador se dio vuelta y los ignoró, pensando más en Moncho que en darles un escarmiento. La familia continuó su camino. Alentados por el silencio del buen hombre, el grupo lo persiguió.

—¿Qué pasa, Cerinza, el dinero te volvió gallina? —y se rieron.

—Vamos, mijo… no vale la pena.

—Ahora la mujercita lo domina —y más risotadas.

—No te pares, Salvador… ¡Salvador!

Cantalicia soltó un grito que estremeció la feria. De un salto, Cerinza cayó entre el grupo de hombres y empezó a repartir trompadas a diestra y siniestra, entre los gritos de Cantalicia y el alboroto de los espectadores, que empezaron a concentrarse en torno al combate. Un hombre voló a ras del suelo, impulsado por los puños de Cerinza, y tumbó al payaso sobre zancos, quien a su vez perdió el equilibrio, cayendo encima de la carpa del tiro al blanco. Otro saltó a sus espaldas, pero él le sacó el aire del pecho con un codazo. Salvador les dio una paliza tan fuerte, con tanta superioridad, que diez minutos más tarde llegaron dos policías y se encontraron a diez hombres sin sentido, tirados como sacos de viandas por el suelo.

Lo llevaron esposado a la comisaría.

—Salvador Cerinza —dijo el comisario—. Ya me extrañaba que no hubiera armado bronca desde su regreso ¿Sigue tan sabio como siempre?

Cerinza estaba sentado en una silla, todavía esposado. Tenía algunos rasguños en la cara, la ropa sucia, estrujada. Nada en comparación con sus rivales, a esa hora en el hospital. El comisario le hablaba y él, como sucedió muchas veces, no sabía a que rayos se refería. Lo observaba sin la menor expresión en su rostro.

—Ellos me provocaron —dijo.

—¿Y por qué no los denunció? —le preguntó el comisario. Se levantó la gorra, se rascó la cabeza—. Para eso estoy yo aquí, Salvador. Imagínese que toda la gente del pueblo tome la justicia en sus propias manos.

Dos horas más tarde, recibió la visita del padre Jacobo, cuya influencia logró liberar a Salvador, bajo la promesa de no volver a alterar el orden público de Las Cruces. El párroco lo acompañó afuera, donde un grupo de habitantes esperaba por Salvador. Eran amigos y familiares de los hombres que Cerinza había noqueado en la feria. De sólo mirar sus rostros, los labios crispados, los cuerpos tensos, Jacobo se detuvo en la entrada de la comisaría.

—Yo creo que mejor salimos por la puerta del fondo —dijo Jacobo.

—No padre, si salimos por la puerta del fondo —respondió Salvador—. Tendré que hacerlo por el resto de mi vida.

Y salió andando hacia delante, con el rostro firme, pasando entre las dos hileras de caras vengativas, que se abrían a su paso. El cura Jacobo detrás, mirando de reojo, a la expectativa de ver volar el primer golpe. Sin embargo nada sucedió. Despacio, como si caminara de paseo entre sus álamos, Salvador llegó hasta su camioneta, abrió la puerta del pasajero a Jacobo, dio la vuelta, y se sentó al volante.

—Que tengan muy buenas noches —le dijo al grupo y salió rodando en su camioneta.

Esa misma noche Salvador le confesó a Jacobo el peso de sus desilusiones. Después de cenar, se encerraron en el despacho, lejos del oído curioso de Cantalicia, pues Cerinza no quería preocupar a su esposa.

—Es duro trabajar como un mulo, padre —dijo Salvador—. Para acabar viendo a los frutos allí podridos, sin poder venderse. He pensado en viajar a otro pueblo, a ver si me tropiezo con mejor suerte, pero para serle sincero, padre Jacobo, fuera de las Cruces no conozco un alma.

Jacobo lo escuchaba en silencio, sentado en el sofá. En sus manos movía una copita de coñac.

—La verdad, Salvador —dijo el cura—. Es que no pensé en esa posibilidad cuando te recomendé comprar La Alameda.

—No entiendo cómo pueden comportarse de esa manera ¿Qué les hice para merecer esto?

—El ser humano es así, Salvador. Dios les dice, «ayuda al prójimo,» pero ellos, en cambio, prefieren buscar la mínima justificación para estorbar al prójimo —dijo Jacobo con expresión triste. Bebió un sorbo de coñac—. Te lo digo yo, mi querido amigo, que llevo lidiando con éste ganado de Las Cruces desde que llegué de la capital. Y contigo encontraron demasiado fácil la justificación.

—¡Pero ya le dije que nunca le hice daño a nadie! —dijo Salvador. No acaba de comprender.

—Según ellos, sí lo hiciste, y de la manera más terrible: los asustas con tu presencia, desde el día que regresaste de la muerte. Yo mismo me erizo al recordar aquel día, pero mi fe y devoción en los milagros del Señor me permiten vivir más tranquilo.

Durante el viaje de regreso de la comisaría, el cura Jacobo al fin le había confirmado aquello que tanto comentaban sus empleados y la gente de Las Cruces. El padre le contó, por primera vez, la historia de la resurrección. Salvador lo tomó sin impresionarse, más bien como una reafirmación de algo raro que siempre supo, pero nunca llegó a creer.

—¿Y mis empleados? ¿No viven ellos también en Las Cruces? —dijo molesto Salvador, moviéndose de un lado a otro, pensativo, con la cabeza gacha. La larga melena negra adquiría un brillo tenue, bajo la luz de la lámpara, como lentos destellos que luego se desvanecían.

—Sí, Salvador, pero tienes que darle tiempo al tiempo, poco a poco las cosas irán mejorando.

—Y mientras tanto, mis frutales que se pudran, ¿no?

El padre Jacobo dejó la copita de coñac en el escritorio, se levantó y se acercó a Cerinza. Le puso una mano al hombro.

—Estuve pensando durante la cena y se me ocurrió una idea —dijo Jacobo—. Ahora, es sólo una idea. Tú la tomas o la dejas según la analices, pero aunque sea, tómala en cuenta y consúltala con Cantalicia.

—¿Cuál es la idea?

—¿Recuerdas aquellas personas, de la casa Donoso, que te trajeron de regreso a tu rancho, cuando apareciste en un hospital?

—Sí, claro que los recuerdo.

—Pues, Salvador ¡Esa familia se dedica a distribuir cítricos! —dijo Jacobo con una expresión de complicidad.

—¿Cítricos? —murmuró Cerinza.

—Sí, Salvador —dijo Jacobo y cambió la expresión en su rostro—. Para serte sincero, siempre pensé en ellos cuando te recomendé comprar La Alameda. Me imaginé que, de alguna manera, podían volver a unirse algún día ¡Fueron tan generosos después de todo!

Salvador permaneció por un momento en silencio, con una mano en la barbilla, la otra cruzando su pecho.

—Yo no estoy muy seguro de eso, padre —dijo al fin—. Esa gente pensará que voy en busca de limosna, como la primera vez me dejaron dinero…

—¡Todo lo contrario, Cerinza! Cuando vean el cambio que has dado, se sentirán muy orgullosos de ti.

Salvador se acostó aquella noche pensando en la idea de Jacobo.

Los días pasados en la mansión Donoso, ahora le parecían muy lejanos, como si formaran parte de otra vida. Recordó a los miembros de la familia, a los hermanos Antonio y Simón, a Ángela con su bebé a cuestas, a Valeria. Mientras el sueño lo cubría, sin entender la razón, la imagen de Valeria fue ocupando un primer plano, sobresaliendo entre los otros rostros de aquella casa. La joven le sonreía, apacible y serena, y le hablaba frases que él no comprendía, pero que, sin embargo, lo llenaban de regocijo. Después, cuando ya la maraña del sueño adormeció sus sentidos, vio a una joven hermosa, de pelo negro y piel dorada, llorando de tristeza, sentada en la misma cama de sábanas pulcras donde él durmió en la casa Donoso. No sabía su nombre. Ella lloraba y lo miraba, como acusándolo con sus ojos lúgubres.

Despertó con un sabor amargo en su boca, el cuerpo cansado, como si en vez de dormir hubiese llegado del campo. Se vistió con prisa. La idea del padre Jacobo seguía allí en su cabeza, renuente a marcharse. Bajó a la cocina. Cantalicia lo esperaba con el jarro de café negro sin azúcar. Afuera, un gallo cantó a lo lejos.

—Pasaste la noche hablando —le dijo Cantalicia en tono severo.

—Sí, tuve unos sueños muy raros —contestó él, mientras sorbía el café humeante. Salvador se dio cuenta que algo le molestaba.

—Hablaste de esa gente… de la gente con quien viviste en Río Claro.

—Debe ser porque voy a visitarlos.

El rostro de Cantalicia se transformó. Abrió los ojos, como asombrada por una visión, volvió lentamente la cabeza hacia él, con un gesto tenso, cargado de incertidumbre, de sorpresa, mientras limpiaba sus manos en un paño blanco.

—¿Cómo dijo?

Cuando Cantalicia le hablaba así, con ese tratamiento de respeto premeditado, como lo hacía antes de comprar La Alameda, él sabía que venía la discusión. Era como si ella se apartara, ocupando el lugar de rival.

—Que voy a visitarlos este fin de semana —dijo tranquilamente—. Voy a ofrecerles mis frutos, a ver si podemos vender algo.

—No, Salvador —dijo ella firmemente—. No me puede hacer esa basura.

—¿Qué basura, de qué hablas?

Cantalicia se cruzó los brazos en el pecho y lo miró molesta, muy molesta.

—¿Cómo que de qué hablo? ¿Cómo va a regresar con esa gente? Esa gente que me lo transformó en un desconocido y que a poco me lo quita para siempre.

Salvador terminó de beber el café. Tomó el pañuelo y se lo ató en la frente. Luego se puso el sombrero.

—No quiero discutir contigo, mujer —dijo—. No olvides que gracias a la generosidad de esa gente, como tú los llamas, tenemos lo que tenemos hoy en día.

—Pero podemos buscar otra gente que nos compre —insistió ella.

Salvador se encaminó a la puerta y la abrió.

—Ya no tengo con quién hablar en Las Cruces —dijo, y salió por la puerta de la cocina.

Cantalicia estrujó el paño de cocina en sus manos, lo apretó con todas sus fuerzas, descargando su cólera, y lo lanzó contra la pared. Luego se sentó, agitada, con el rostro ardiente, los brazos en cruz bajo los senos. Otra vez los Donoso. Otra vez aquella gente atravesada. ¿Qué había hecho ella de mal para merecer ese castigo? ¿Volvería a repetirse la historia? ¡No, Diosito! ¡Por lo que más tú quieras! ¡No puedo dejarlo ir! No puedo dejar que los visite, tengo que impedirlo, así se pudran todos los frutos de La Alameda. Prefiero perder los frutos antes que perder de nuevo a Salvador.

6.

UNA TRÁGICA LUNA DE MIEL

Qué desean escuchar los señores?

—Alguna canción de luna —respondió Valeria, alzando sus ojos al cielo estrellado, donde la luna, inmensa y redonda, relucía en la inmensidad de la noche. El hombre, sentado frente a ellos en la arena, cierra los ojos y acaricia las cuerdas de la guitarra. Valeria se recuesta al pecho de Simón, le toma las manos y escucha la música, lenta, melancólica, como un llanto de alguien desesperado por el amor. La luz de la fogata refleja las sombras en la arena.

—Esta canción la escuché antes —dijo Simón en susurro—. No recuerdo el lugar, pero sí que pensé mucho en ti.

—No seas mentiroso —dijo Valeria.

—No te miento —dijo él—. Sabes bien que cualquier música que escucho, me lleva a ti.

Y la besa despacio. Valeria le sonríe, se refugia en su abrazo y se concentra otra vez en la guitarra. Además del músico, varios habitantes de la playa Santa María los acompañan. Hay dos mujeres de edad indefinida, con largos cabellos anaranjados por el sol, la piel dorada y los ojos claros; otro músico con su guitarra en silencio, contemplando a su compañero, y por último, una niña de unos diez años, idéntica en su color de pelo y sus maneras a las otras mujeres. Y también el mar, oscuro, con sus lentas oleadas de espuma blanca.

El día anterior, Valeria y Simón habían llegado desde Río Claro, dispuestos a disfrutar una luna de miel perfecta. No hicieron más que entrar a la casita de la playa, propiedad de la familia, y cerraron la puerta. Sin preámbulos ni palabras, así mismo, cansados por el viaje, se desnudaron con prisa, despojándose uno a otro de sus ropas, hasta que sólo dejaron en sus cuerpos los anillos de la boda. Simón levantó en peso a Valeria y la llevó cargada hasta la cama, sin dejar de besarla un instante. Se entregaron con tanta pasión y energía, con tanto deseo, que estuvieron durmiendo doce horas seguidas. Despertaron en la noche, dispuestos a recomenzar el duelo, pero el hambre en sus estómagos pudo más que la fiebre de sus cuerpos, y la fuerza sólo les alcanzó para un primer episodio. Media hora después, se encontraban sentados a la mesa del restaurante de lujo, vestidos de noche, con una mano entrelazada sobre la mesa y la otra sosteniendo el cubierto.

—¿Cómo te sientes? —preguntó Simón.

—Como metida en un sueño —dijo ella. Luego añadió—. No fue hasta hoy en la tarde cuando me di cuenta de todo el tiempo que he malgastado en mi vida.

—No lo perdiste en vano, Valeria. Lo perdiste para esperar por mí.

Y continuaron la cena, rodeados de la atmósfera cálida y sosegada del restaurante, acompañados de la melodía de un piano. Los otros comensales miraban con curiosidad a la pareja. Además de su juventud desbordante, de su ímpetu jubiloso, les llamaba la atención, cada noche, lo unidos que eran Valeria y Simón. Llegaban abrazados, pedían la misma comida del menú, los mismos postres, bebían el mismo vino rosado francés. Algunas noches, cuando Valeria se sentía animada, ocupaba el lugar ante el piano y le regalaba a su esposo una que otra canción.

Luego regresaban a pasear por la playa, abrazados, muy unidos y felices, o se unían a otras parejas alrededor de la fogata y bailaban al ritmo de las guitarras tropicales, como si fuera una antesala del próximo destino: el cuarto de recién casados. Iluminados por la tibia claridad de las velas, Valeria y Simón se descubrían cada noche, jugueteando entre las sábanas, cayendo presa del vértigo sensual de sus cuerpos jóvenes y ardientes. Esta noche, sin embargo, la joven pareja escucha la música de la guitarra, sin saber que el cruel destino está a punto de traicionar su felicidad. Al poco rato, mientras el fuego de la hoguera se desvanecía, Valeria y Simón entran a la casita. Hacen el amor y terminan dormidos de cansancio. La noche afuera es oscura. La luna, que momentos antes brillaba encendida, ahora está siendo cubierta poco a poco por una telaraña de nubarrones. A lo lejos, ladra un perro solitario.

Más lejos de la playa, a cientos de millas de distancia, en el sombrío hospital lejano, la mujer desconocida ha soltado un gemido de dolor. El enfermero del radio portátil, el fiel oyente de clásicas melodías, no puede escuchar el lamento de ella. Tiene cubiertos sus oídos por audífonos del radio. Está sentado a un metro de la cama, ojeando una revista donde aparecen mujeres de cuerpos desnudos. Tan entusiasmado se encuentra, tan concentrado en la lectura de una página, que tampoco ve el cuerpo de la mujer sin nombre convulsionar sobre las sábanas. A un costado de la cama, los equipos médicos que vigilan a la paciente señalan números de muerte. Pero el enfermero no reacciona, continúa abstraído en su lectura, en el *Danubio Azul* de sus oídos, tarareando ese vals que tanto le recuerda su lejana infancia. Antes de pasar la siguiente página, en busca de una nueva posición, el hombre se mueve en la silla y entonces alza la vista por casualidad. La mujer desconocida, la enferma que intentó suicidarse y resucitó en la camilla de la ambulancia, está sentada en la cama, mirándolo fijo, como un gato en la oscuridad. El enfermero detiene todo movimiento. Despacio, con precaución, como para no perturbar a la mujer despierta, se quita los auriculares que cubren sus oídos y deja la revista en el suelo.

—Buenas noches —es lo único que se le occurre decir.

La mujer no contesta. Su mirada es fija, directa, como perdida en un punto indefinido de la cara del hombre. Se miraron por un momento, hasta que el enfermero tuvo valor para ponerse en pie, caminar a la puerta, y salir corriendo en busca del doctor. Minutos después regresan los dos. Pero la mujer ya no está sentada en la cama. Ha caído al suelo intentando ponerse en pie, perdiendo una vez más el conocimiento. Con la ayuda del doctor, el asustado enfermero logra acostarla de regreso a la cama, y entonces lo descubren: la paciente comatosa ha entrado en estado crítico, en ese estado en donde la muerte acecha, gélida y ansiosa por arrastrar a su víctima consigo. Poco después llega otro doctor, le aplican remedios de emergencia, intentan arrancarla de su inmovilidad, pero ya no hay nada que hacer. La mujer desconocida ha fallecido.

El enfermero cubre su cabeza con una sábana, apaga la luz del cuarto, y dejan su cadáver allí acostado.

Valeria despierta en la cama de su cuarto. Abre los ojos, pero parece como sonámbula, como si no reconociera los detalles del lugar donde se encuentra. A su lado, Simón duerme plácidamente. El murmullo de las olas del mar entra por las ventanas abiertas y llega hasta Valeria, le acaricia su rostro, le mueve su cabello. Y ella se levanta despacio, cierra los ojos y respira profundamente el aroma de salitre, mientras camina descalza y semidesnuda hasta la puerta.

Valeria sale a la noche y camina por la arena, atraída por ese sonido ancestral, por la melodía que causa el roce de las olas. Un pájaro negro cruza a ras del agua y gime imitando el quejido de un niño. La luna se refleja, fosforescente, sobre toda la superficie del mar. Ella siente los pies húmedos en el agua, sonríe feliz. Luego entra despacio, con los brazos abiertos, como dando la bienvenida a todos los seres marinos. Siente después, a medida que avanza, como el mar la va recibiendo con caricias, mientras penetra en su inmensidad, hasta que el agua la cubre totalmente, y la vida se evapora poco a poco de su cuerpo.

Simón se remueve en la cama y busca el cuerpo cálido de su amada. Abre los ojos en la penumbra del cuarto.

—Valeria —la llama—. ¿Valeria?

Nadie le contesta. Sólo existe el susurro del mar, la brisa marina entrando por la puerta abierta. Simón se levanta, se viste y sale a la noche en busca de su esposa. Camina desesperado por la arena, mirando a todas partes. La débil luz de una fogata se divisa a lo lejos. Al llegar solo encuentra a dos hombres completamente borrachos, abrazados a sus guitarras en medio del sueño. El joven los despierta, les pregunta si han visto a Valeria. Su angustia aumenta cuando uno de ellos dice haber visto a una mujer caminar a lo lejos por la arena y luego entrar desnuda en el mar.

Simón regresa con ellos, que lo siguen alarmados y lo ayudan en su búsqueda. Gritan su nombre a todo pulmón, causando el arribo de otros habitantes alarmados. El grupo aumenta a medida que pasan los minutos. Van de un punto a otro de la playa registrando cada centímetro de arena, con sus antorchas encendidas, dibujando raras sombras en la noche. Minutos después, una mujer se aproxima a Simón llevando en sus manos la bata de dormir de Valeria.

—La encontré allí en la orilla —le dijo.

Y entonces, varios hombres se lanzan al mar y se sumergen bajo las olas. Una punzada de terror recorre el cuerpo de Simón. El peor de sus pensamientos se convierte en realidad. Un hombre emerge del mar, llevando un cuerpo sin vida en sus brazos. Simón corre hacia el agua atolondrado, destruido, y cubre con la bata a Valeria cuando la acuestan sobre la arena. El joven la besa, la abraza entre lágrimas, dejando escapar un alarido de animal herido, un lamento tan doloroso, tan triste, que todos a su alrededor comprenden de inmediato las dimensiones de su desgracia.

Llevándola en sus brazos entra a la casita, seguido por el grupo de habitantes de la playa. Las mujeres lloraban, los hombres sufrían el dolor ajeno con ojos vidriosos, llenos de angustia. Simón la acostó en la cama. Una mujer se acercó a su espalda.

—Déjenos velarla ante que se la lleve, señorito —dijo entre lágrimas—. ¡Esa niña era tan dulce!

Simón no tiene fuerza o valor para avisar a su familia, para viajar de regreso con su esposa muerta, pero sabe que tarde o temprano tendrá que comunicar la desgracia a sus seres queridos. Mientras tanto, los habitantes de la playa Santa María se apiadan de su desgracia. Como si fuese un ser muy querido, como si la joven fallecida fuese un miembro más de su familia, las mujeres de lugar preparan las honras fúnebres. La bañan, la peinan y la visten de blanco, más bella que nunca, en opinión de Simón. Rodean su cuerpo dormido de flores y lloran angustiadas por el dolor ajeno, por una joven mujer tan hermosa que decidió de imprevisto entregarle su vida a las olas del mar. Simón se inclina ante su amada, besa sus labios con ternura, como despidiéndola en su viaje a la eternidad, y luego sale afuera a enfrentarse a gritos con Dios:

—¿Por qué has sido tan cruel conmigo? —exclama mirando al cielo oscuro, con los brazos extendidos hacia arriba—. ¿Qué he hecho para merecer semejante castigo? Simón se sienta a llorar en la arena y continúa pidiendo explicaciones al Creador. Ahora habla en tono bajo, íntimo, como si Dios estuviese allí junto a él, sentado en la arena. Frente a él, el mar tranquiló. Simón contempla el agua oscura, siniestra, traicionera. La maldice también. El océano le responde con un rumor de espumas, con húmedas ondas. El joven se levanta, cuando una algarabía llama de pronto su atención. Viene desde la casita, y es cada vez más fuerte y alarmante. Simón se vuelve, sorprendido, y ve con estupor como tanto mujeres como hombres salen despavoridos por puertas y ventanas. De un salto se pone de pie y regresa a la casita, corriendo a toda prisa, con el alma en vilo, entra por la puerta, pero algo lo hace frenar en seco: sentada en la cama, Valeria lo observa con ojos de animal asustado.

Simón se acerca a Valeria despacio, atónito, en silencio. No puede creer lo que sus ojos le muestran. Le parece increíble que su amada haya regresado de las sombras. Pero Valeria lo rechaza y se aleja asustada, le grita que por favor no la toque. Sin embargo lo conoce:

—¡Tú eres Simón! —le grita a la vez que retrocede—. ¿Qué hago aquí con esta ropa?

—Te vistieron, mi amor… —apenas susurra él.

Simón intenta abrazarla, pero ella se le escapa como una gata salvaje, corre a encerrarse tras la puerta del baño. El joven le suplica tristemente que le abra la puerta. Pero Valeria no responde. Desde el interior, ella puede escuchar su respiración agitada, su desespero. Aunque está aturdida y nerviosa, la mujer comprende que algo raro le sucede en su interior. Su cuerpo no es el mismo. Es un cuerpo de mujer joven, mucho más sano y delgado que lo habitual. Mordida por la curiosidad, enciende la luz del interior del baño y se mira frente al espejo. El espíritu de Rebeca, en el cuerpo de Valeria, deja escapar un grito de espanto. ¡No es la misma! ¿Cómo habrá ocurrido? ¿Estará viviendo una pesadilla?

—¡No puede ser, Dios Santo! —piensa Rebeca aterrada—. ¡Este es un endemoniado mal sueño!

Se mira otra vez, estirando la mano hasta el espejo, como si tratase de alcanzar la otra imagen que la observa, que repite sus movimientos, y palpa el vidrio. Una sonrisa malvada asoma a su rostro.

Con los gritos de Simón como fondo, la mujer se contempla más calmada. Ahora entiende que sí es posible lo sucedido al señor Donoso, porque ella ha resucitado en el cuerpo de Valeria. El peso de tanta comprensión es demasiado para ella. En su pecho se mezcla un odio infinito con deseos de venganza, pero también por momentos le viene a la mente su condición inexplicable ¿Vivirá siempre en el cuerpo ajeno de Valeria? ¿Sentirá sus propios deseos o el deseo ajeno de Valeria?

Allí afuera se encuentra ese joven que tanto detesta, que sólo le produce repulsión en todo su cuerpo. Sin embargo, sabe que se han apoderado de la fortuna de Donoso luego de la muerte de su sobrina Isabel. Valeria vuelve a contemplarse en el espejo, esta vez se desnuda totalmente. Con sus dedos estudia cada parte. Acaricia suavemente esos senos tan firmes y elegantes que siempre añoró con tristeza. ¿No es ese precisamente el gran sueño de su vida? Volver a ser una joven hermosa y sensual, atractiva a la mirada inquieta de los hombres, pero nunca sin perder la experiencia acumulada, sus agallas de gata vieja. Pensándolo bien, se encuentra sin dudas en una condición privilegiada. Dios al fin ha escuchado sus reclamos de tantos años. Sí, no tiene duda ninguna, su nueva condición le abrirá de par en par las puertas de su venganza, y mejor aún, disfrutará por todo lo alto hasta que la muerte regrese a buscarla. Pero primeramente, y por encima de todo, debe encontrar a Salvador. Tiene que hallarlo así sea en el fin del mundo. El hombre culpable de su desgracia. El objeto de sus más encarnizados deseos. Para ella, para ese espíritu en cuerpo joven, Salvador ha sido siempre la cúspide de sus anhelos. Pero es, también, la fuente primordial de su más recóndito odio.

7.

SALVADOR VISITA A LOS DONOSO

Los vidrios de la ventana estaban opacos. El calor de la cocina adentro, la humedad de la lluvia, afuera. Abigail despertó y abrió los ojos aún adormecidos, mirando a todos lados. Desde alguna estancia de la casa, llegaban voces cargadas de emoción, de sorpresa. Llegaban retumbando por las paredes del corredor y hasta sus oídos. Ella se había quedado dormida escuchando el borbotar del agua durante toda la tarde. Ahora, sólo se oía la llovizna callada. Y las frases lejanas. Del otro lado de la ventana, las gotas resbalaban, como gordas lágrimas de angustia.

—¡Es él, es él! ¡No es posible! —decían las voces a lo lejos.

El sonido de los rumores venía en tonos disparejos y entraba a la cocina, dando tumbos, y luego, parecía disolverse en el humo de las cacerolas. Así le pareció a Abigail, quien se levantó, sacudiéndose el sueño de encima. Caminó por el corredor, guiada por el hilo de aquellas voces.

—¡Es él, señora, es él! —le dijo Viky, parada frente a la ventana de la sala. Tres empleadas la rodeaban.

Abigail se aproximó al vidrio nublado, limpio en un redondel hecho por las manos. Entonces lo vio.

—Sí, es él.

No había cambiado nada de su figura. Bueno, más bien sí, pensó Abigail. Su cuerpo esbelto parecía más erguido, como libre de un peso invisible que mantenía sus hombros agachados. El pelo negro, largo y mojado por la lluvia, los ojos tranquilos, mirando con curiosidad hacia la entrada de la Casa Donoso. Vestía de vaqueros, pantalón y camisa, mojados también por la lluvia. Salvador había regresado. Allí estaba, en medio del jardín. A través de los cristales empañados de humedad, a Abigail le pareció una visión irreal.

—¿Y por qué no acaba de entrar? —preguntó Abigail.

—Pues yo que sé —dijo Viky—. Parece como que tiene miedo de entrar a la casa.

—¡Tonterías! —dijo Abigail y salió hacia la puerta de entrada.

A escondidas de Cantalicia, y con la justificación de encontrar un distribuidor para sus frutos, Salvador había decidido visitar a los herederos de la fortuna Donoso. Manejó dos días completos, descansando en la noche, buscando y preguntando según las indicaciones del padre Jacobo. Al llegar al jardín de la entrada, se quedó parado. La Casa Donoso le pareció distinta, como más oscura y triste. Quizás por la lluvia, quizás por los engaños de la memoria, que siempre hace recordar los objetos y las personas en imágenes más bellas.

—¡Por Dios, hombre, no se quede allí parado bajo la lluvia! —le gritó Abigail desde la entrada—. Mire que puede agarrar una pulmonía.

Salvador entonces caminó hasta la puerta, empapado.

—Buenas, mi nombre es Salvador. No sé si me recuerda.

Abigail buscó en su mente, sin quererlo, el recuerdo más nítido de él. Lo vio así mismo, parado en la entrada, pero vestido de traje y corbata.

—Como no me voy a recordar, pase, venga, pase.

Viky llegó con unas toallas y se las entregó con curiosidad, esperando un saludo amistoso.

—Gracias —dijo él y comenzó a secarse.

—Prepárale un jarro bien grande de café, Viky —dijo Abigail—. Y bien caliente —se volvió a Salvador. Sonrió dulce, amable—. Qué sorpresa, Salvador. Es un milagro que haya decidido hacernos la visita.

—¿Un milagro? —preguntó él.

—Sí, un milagro. Lo digo porque la última vez que estuvo en esta casa, estaba como desesperado por regresar a su rancho.

—Es cierto. Lo recuerdo —Salvador sonrió—. Yo nunca me he olvidado de ustedes, nunca he tenido oportunidad de agradecerles su gentileza, la bondad que tuvieron conmigo.

—Pues Dios es testigo de cómo ha cambiado, ¡caramba! Venga, vamos a darle una ropa seca.

—No se moleste… así estoy bien.

—Ya veo que en eso no ha cambiado —dijo Abigail—. Vamos, deje la pena y sígame al cuarto.

Salvador le entregó la toalla a una de las empleadas, que lo miraba atónita, como hechizada, y después salió caminando tras Abigail, hacia la escalera. En general, el recibimiento en la Casa Donoso fue una mezcla de alegría y emoción, pero de malos presagios también. Para los miembros de la familia, la viva imagen de Salvador era como una llave que les abrió las puertas del recuerdo, de ese pasado inmediato que vivieron con tanta intensidad. Y aunque le tomaron cariño al pobre campesino en los últimos días que convivió con ellos, también existía en el fondo de sus corazones un miedo latente, el temor de que su presencia volviera a desatar una tormenta de pasiones. Más todavía cuando se dieron cuenta del cambio que había dado Salvador. Ya no era aquel campesino salvaje e ignorante que conocieron, sino un hombre serio, razonable, con una increíble capacidad para relacionarse con las personas.

Ángela fue la primera en conversar con él. Durante la charla, hubo momentos en que a la joven madre le parecía estar hablando con el antiguo Salvador (cuando el espíritu de su padre, don Pedro José, ocupaba el cuerpo de Cerinza). Pero luego, esa idea se desvaneció totalmente. El hombre preguntó cosas simples e ingenuas, como el manejo de la servidumbre en la casa o la manera de funcionar de las Empresas Donoso.

Un rato después, cuando la lluvia cesó y las nubes abrieron paso al sol, Cerinza se montó en su camioneta y se dirigió a las Empresas Donoso. Antonio lo recibió con los brazos abiertos. El joven empresario quedó muy impresionado con el nuevo Salvador.

—Vaya, vaya, en verdad que has cambiado mucho, Salvador —dijo Antonio, sentado tras el escritorio de su oficina—. No conozco las causas de ese cambio, ni quién fue la persona que lo logró, pero me imagino que trabajo le debe haber costado.

—El padre Jacobo me ayudó mucho, es cierto —dijo Salvador y pensó también en Julieta, pero si su recuerdo le dolía, mencionar el nombre era mucho peor. Le ardía el pecho, los labios. Al fin añadió—: El padre Jacobo, y la amistad de una buena mujer.

Salvador entonces le contó los motivos de su inesperada visita, así como el grave peligro que corría su hacienda si no encontraba un distribuidor en los próximos meses.

—Es una verdadera pena —dijo Antonio, paseándose por el despacho—. Qué existan personas así todavía en nuestros días.

—Para mí que siempre existirán —dijo Salvador—. Nunca le hice daño a nadie en Las Cruces. Y me sorprendo al ver como algunas personas me rechazan.

—Claro que te sorprendiste. La naturaleza humana es así. Pero todos los hombres no son iguales, Cerinza. Como mismo hay seres envidiosos y dañinos, los hay bondadosos, de buen corazón. Es como una balanza ¿No crees?

—Por supuesto. Su familia, por ejemplo. Nunca olvidaré el

gesto que tuvieron conmigo. Si decide ayudarme o no esta vez, quiero decirle que me sentiré agradecido toda la vida con ustedes.

Antonio lo miró desde el otro lado del escritorio, moviendo un bolígrafo en sus manos. Tac, tac, tac, daba leves golpecitos en la madera. Antonio guiaba las empresas con un control ejemplar, como si toda la vida hubiese estado al frente de los negocios. Era disciplinado, firme y bondadoso. Cualidades que Salvador transmitió a su carácter de joven inteligente, pero totalmente inexperto. No fue precisamente Cerinza. Más bien Pedro José, en el cuerpo de él, aunque para Antonio, en su cabeza, la imagen del eterno agradecimiento llevaba impreso el rostro de Salvador. Tac, tac, tac, Antonio daba golpecitos en la madera, la mirada pensativa, el pelo rizado, negro y brillante, la sonrisa de bien.

—¿Y cómo haremos? —dijo Antonio—. ¿Me traes hasta Río Claro los frutales o tengo que enviar por ellos?

—Bueno, ahorita no tengo camión de transporte de frutos, pero puedo comprar uno con la primera venta.

—No, eso te tomará tiempo —dijo Antonio. Se puso en pie y dio la vuelta por el escritorio. Estaba pensando. Luego dijo—. La mejor opción es la siguiente: te doy el crédito de la venta, regresas a tu hacienda y preparas el primer envío. En menos de una semana llegará un camión de Cítricos Donoso.

—No puedo aceptar eso. Es demasiado generoso… No quiero abusar de su bondad.

En el rostro dorado de Antonio apareció una sonrisa. A fin de cuentas, Salvador seguía siendo el mismo hombre, honrado, bondadoso.

—No estás abusando de mi bondad —le dijo y estiró una mano en señal de saludo—. Ya tendré tiempo de cobrarte por esos favores.

—Entonces sí estoy de acuerdo —dijo Cerinza.

—¿Trato hecho?

Un fuerte apretón de manos selló el trato entre los dos hombres. De ahora en adelante, las empresas de Cítricos Donoso, comprará todos los productos de la hacienda de los Cerinza.

—Y ahora —dijo Antonio—. Vamos a almorzar.

Antonio se puso de pie en el momento que sonó el timbre de su teléfono móvil. Pidió permiso y lo sacó de su chaqueta. Mientras hablaba, miraba a Salvador.

—¿Ya están de regreso? —decía en el teléfono—. Pensé que estarían más días en la playa... ¿Qué Valeria está rara?

Habló por espacio de un minuto. Era demasiada coincidencia, pensó Antonio al cerrar el teléfono y devolverlo a su bolsillo. Demasiada casualidad para ser cierto. Como si la presencia de Salvador fuera un conjuro de hechos misteriosos. Allí en su oficina, sentado frente a él está Salvador Cerinza. Y allá en su casa, se encuentra rezando su madre Abigail, preocupada porque parece ser que, durante la luna de miel de su hijo Simón, ha ocurrido algo rarísimo. Simón no dio muchos detalles. Le habló nervioso, como incapaz de encontrar las palabras, las frases adecuadas para describir lo sucedido. Valeria sufrió un desmayo profundo y luego despertó desorientada, como mismo había despertado Salvador después del accidente en donde murió Isabel Arroyo.

—Estén preparados, no es la misma de antes, no sé como explicarlo —así dijo Simón a su madre y Abigail le contó a Antonio.

—¿Le ocurre algo? —preguntó Salvador a Antonio. Su rostro dorado había adquirido, de pronto, una leve palidez.

—No es nada —dijo Antonio—. Era mi madre... dice que Simón está de vuelta con su esposa Valeria. Regresan esta noche de su luna de miel.

—¿Se casó su hermano?

—Con Valeria, la muchacha de pelo negro y ojos pardos. ¿La recuerda?

—Por supuesto. La conocí durante los últimos días que viví en su casa.

Antonio acompañó a Salvador hasta la puerta. Antes de salir, le dijo una frase que, horas después, lamentaría en lo más profundo.

—Me gustaría mucho, Salvador que no vuelvas a tu hacienda hasta mañana. Así puedes ver a mi hermano y su esposa. Él y Valeria no me perdonarían haberte dejado ir sin que al menos te saludaran.

Salvador aceptó esperar el regreso del joven matrimonio. Al fin y al cabo serán sus nuevos socios de ahora en adelante. De esta manera, Antonio y Salvador salieron a almorzar juntos, y luego, en la tarde se dirigieron a la Casa Donoso, donde la servidumbre y la familia se preparaban para recibir a la pareja de recién casados.

Esa noche, en efecto, llegaron a la casa Valeria y Simón. Desde que el taxi entró rodando por el sendero que conduce a la casa, Valeria miró a lo lejos las primeras luces de las ventanas y sintió el peso del recuerdo en su mente. Recordó su última noche en aquella casona, cuando su espíritu aún habitaba el cuerpo de Rebeca. Ella había salido huyendo, con una pobre maleta en sus manos, y oyó los ladridos del perro Azur y se volvió aterrada, muerta de pavor y entonces vio la imagen de Salvador, el espectro de Cerinza allí parado en la entrada de la casa, la misma mansión que ahora iba creciendo en la oscuridad, levantándose erguida hacia el cielo oscuro estrellado de la noche, mientras el taxi se aproximaba.

El coche se detuvo. La puerta de la casa se abrió y la familia entera salió a recibirlos: Abigail, Antonio y Ángela con el niño en sus brazos.

—Tengo que disimular ante estos arribistas —pensó Valeria, en tanto Simón se bajaba del coche y ella abría la puerta.

Como siempre, allí están juntos. ¡Dios mío! Dame fuerzas para poder controlarme y no decirle unas cuantas verdades —pensó Valeria al dirigirse hacia la casa, caminando despacio, midiendo sus pasos, con su sonrisa falsa, hasta que sus pies no pudieron andar y sus ojos brillaron, detenidos, sembrados en la otra figura estirada que se colocó justamente detrás de la familia.

El muy condenado está aquí, pensó casi en voz alta.

—¡Qué alegría que ya estén de vuelta! —dijo Antonio y abrazó a su hermano Simón.

—¿Salvador? —dijo Simón, al ver a Cerinza.

—Salvador vino a visitarnos —dijo Abigail.

Estaba muda. ¿Cómo reaccionaría su sobrina Valeria en una situación así?

—Es un placer volver a verlos —dijo Salvador.

Valeria estiró indecisa una mano y lo saludó.

—Qué sorpresa, Salvador. Nunca me imaginé que volvería a verlo —dijo ella, evitando su mirada, y pasó de largo al interior de la casa, pisando con fuerza sobre los escalones porque de pronto, las piernas se le aflojaron y sacó fuerzas para alcanzar la sala y subir apurada al cuarto, ante la mirada curiosa de las empleadas.

Por su parte, Simón no escondió su desagrado de ver a Cerinza de vuelta en la casa.

—¿Y usted por qué volvió? —dijo fríamente—. Tanta cantaleta que dio para que lo regresáramos al ranchito y ahora está de vuelta otra vez.

Salvador lo miró el silencio. Antonio contestó:

—Pasemos adentro, Simón —puso una mano sobre su hombro—. Salvador ha regresado para hacer negocios con nosotros. Se compró una hacienda.

Antonio intentó en vano tranquilizar la incertidumbre de su hermano Simón. No hubo dudas aquella noche: La presencia de Salvador le resultaba desagradable. Para él, era preocupante que ocurrieran dos hechos tan raros en tan poco espacio de tiempo. Tenían que estar ligados, mezclados entre sí, por algún hilo invisible. Primero, el terrible y misterioso episodio de su esposa, su cambio repentino. Y ahora el regreso de Cerinza, transformado también.

—No me gusta tener a ese hombre metido otra vez en la casa —le dijo a su hermano—. Me da mala espina.

Antonio sonrió divertido. Estaban en el antiguo despacho de don Pedro José. Simón lo había llevado hasta allí.

—Cuando platiques con él, estoy seguro que cambiarás de opinión por completo —lo tranquilizó Antonio—. Pasa que estás detenido en el pasado, mientras Salvador avanzó hacia delante.

—Pasa que, para mí —dijo firmemente Simón—. Todo lo que huele a Cerinza me trae malos presagios.

En cambio a Valeria, con su nueva personalidad, le parecía de maravillas tropezar con su adorado tormento. El hombre que le partió en mil trozos el corazón, que la engañó como una tonta, que la utilizó para lograr sus fines, el culpable de su desgracia y el causante de la muerte de su querida sobrina Isabel. El espíritu vengativo de Rebeca había regresado, en el cuerpo de Valeria, a cobrar la deuda de su desdicha.

—¡Sí, está aquí el muy condenado! —decía caminando por la alcoba encerrada—. Con esa mirada de diablo… ¡Pero bello como siempre! ¡¿Cómo puede ser posible?! ¡¿Cómo un cuerpo puede guardar tanta vileza y hermosura a la vez?!

Su corazón era una mezcla de pasiones, una batalla de sentimientos encontrados. Sí, es cierto, ella deseaba con todas sus fuerzas castigar a Salvador, su principal enemigo. Pero existía también otra ambición que la atormentaba: poseerlo entre las sábanas de su cama aunque sólo fuese una noche.

La nueva Valeria aprovechó la cena de bienvenida para ponerse al tanto de todo lo ocurrido en su ausencia. Es así como se enteró del crimen cometido por Walter, su encarcelamiento por intentar asesinar a Salvador, y de la tragedia de Rebeca. La terrible tragedia de ella misma, sentada en la mesa. Recordó vagamente la habitación del hotel, se vio a sí misma preparando una soga de esparto y sintió un dolor en el cuello. El instinto de su cuerpo levantó una mano, acariciando su cuello. El rostro se le volvió lívido.

—¿Te encuentras bien, mi amor? —preguntó Simón.

Los otros comensales en la mesa volvieron su rostro hacia ella.

—Sí, estoy bien —dijo con sonrisa incómoda—. Tengo un poco de calor aquí adentro —y bebió un largo sorbo de agua fría. Desde el otro extremo de la mesa, Salvador la observó.

La cena continuó. Los miembros de la familia, continuaron hablando del pasado, de la difunta Rebeca, algunos con lástima, otros con resentimiento, sin saber que tenían a su espíritu maligno sentados frente a ellos en la mesa. Valeria escuchaba atenta, sorprendida, atónita a veces, los comentarios sobre Rebeca. Nunca imaginó que aquellas personas, gente que despreció, que odió en ocasiones, tuvieran sentimientos tan encontrados como ella. Pero luego reflexionó en su mente: lo que son, es una partida de miserables. Me destruyeron y ahora se lamentan, me colgué de una soga por su

A pesar de su ausencia, la bella imagen de Isabel Arroyo aún perdura en la mansión de los Donoso.

Con firmeza en la mirada y fortaleza de espíritu, Salvador Cerinza acepta los retos de su nueva vida.

El regreso de Salvador inquieta a la familia. Simón no lo quiere en la casa, pero Ángela, Abigail y Antonio le piden que le tenga paciencia.

«Si yo fuera joven y hermosa otra vez, pero con mis agallas de gata vieja, ¡Salvador sería solamente mío!».

«En esta casa, todos son unos oportunistas y arribistas... Sólo Walter tiene modales y educación ¡Cuánto lo extraño, Dios mío!».

Valeria le dedica una melodía a Simón. Horas más tarde, su cuerpo será poseído por el espíritu de su tía Rebeca.

La fuerza del deseo bajo la lluvia. Isabel y Salvador se entregan a la pasión.
La huella de ella quedó tatuada en su cuerpo.

«No quiero perderlo otra vez, mijo. ¡No se me vaya con esa gente!».
Cantalicia se aferra a Salvador antes de su visita a los Donoso.

Después de un día de dura labor en el campo,
Salvador sólo piensa en una ducha.

«Las mujeres me tienen loco, Gaetana. Cuando ya creía haber descansado de ellas, vuelven a complicarme la vida».

«¡Suelta las botellas, mujer! Las penas no se olvidan con el licor. Si quieres que Salvador regrese a tu lado, arréglate ese cabello y cómprate otro vestido».

«Todos morirán», dijo Rebeca mientras intentaba matar a Salvador.

Rebeca y su sobrina Valeria. La tía siempre soñó con un cuerpo joven, pues era la única forma de conquistar a Salvador.

Ángela pierde el sentido. Antonio, Abigail y Simón intentan despertarla. ¿Estará poseída por un espíritu?

de, en la madrugada, Valeria abrió los ojos y contempló la os-
l del cuarto. A su lado, Simón dormía profundamente, ren-
n el sueño. Por las ventanas y a través de las cortinas de seda
a la tenue claridad de los jardines. Ella se sentó en la cama,
io. Luego se levantó sin hacer el menor ruido, salvo el leve
e su cuerpo rozando la superficie de la cama, con la mirada
en el rostro de su esposo, mientras ella dibujada lentos y
asados movimientos en la penumbra, como la imagen de un
aje filmado en cámara lenta.

scalza, vestida apenas por el camisón de dormir —corto, casi
arente, donde despuntaban el relieve de sus senos erguidos a
de la suave tela de encajes— con el aliento controlado, Vale-
ó del cuarto y cerró la puerta, caminando en puntillas de pie
corredor.

rumor del silencio. La sombra junto a ella, estirada a veces
luz amarilla de las lámparas del corredor. Valeria abrió des-
on la punta de los dedos la puerta de la alcoba, como venía,
, pero fue perdiendo control en su respiración a medida que
ba en aquella atmósfera cargada de Salvador, como si el olor,
ncia de él, alteraran el ritmo cardiaco de sus latidos. Llegó al
le la cama. Cerinza dormía también profundamente, boca
con el torso desnudo y la cabeza ladeada. La cabellera negra
a sobre la almohada. Valeria se inclinó, estirando su mano
, tanteando el pecho de él con sus dedos trémulos, como

culpa —sobre todo por culpa de éste hermoso c
mí— y ahora los muy hipócritas parecen lamentars
¡Qué falsos! ¡Cualquiera que los escuche y no los c
pra su inocencia!

—Lo que nunca entendí —dijo Abigail con trist
una mujer podía tener tanto resentimiento en el alma

Esta vez Valeria no pudo contenerse.

—Porque debió haber sufrido mucho en este mun
leria con fingida tristeza—. No todos tenemos el m
lleno de flores y alegrías. Grande debió haber sido su a
optar por quitarse la vida.

Todos hicieron silencio. La observaron otra vez,
prendidos.

—Es extraño, Valeria —dijo Simón—, que antes
blaste así de tu tía Rebeca.

—Sí, es cierto —respondió ella—. Y ahora lo lame
Pude haber evitado su tragedia y no lo hice por cobard
lesta, como si hablara directo a su sobrina, estando en
ella—. Porque si bien es cierto que te amaba ya en aq
tampoco debía abandonar a Rebeca a su suerte.

Y se levantó al terminar las palabras. En realida
apetito. Había soportado la primera prueba de fuego
erizados, escuchando la plática en la mesa con el úni
tantear el terreno donde, a partir de aquella noche,
andar. Valeria se retiró del comedor con un permis
las escaleras hacia su cuarto.

—Tienes razón, Simón —dijo Abigail con
pado—. Valeria está comportándose de forma mu

apéndices de una araña, y los ojos cerrados, en un respiro profundo, extendido.

Salvador se removió, soltando un vago suspiro que llegó a ella, a su olfato anhelante, impregnándola de su olor particular. Valeria lo sintió y, de alguna extraña manera, ese aroma le dio fuerzas para dar el paso siguiente. Levantando la cobija, se hundió ansiosa bajo el calor de la tela. El deseo invadió su cuerpo. Ella lo sintió llegar, oyendo su propia respiración ardiente, mientras se deslizaba sobre las sábanas y alcanzaba en la oscuridad el otro cuerpo, el cuerpo ajeno, el cuerpo de sus deseos, ahora accesible, el cuerpo soñado en cientos de noches de insomnio, y fue deslizándose pulgada a pulgada hasta ir cubriéndolo con sus brazos, con su pecho hirviente, con sus muslos.

Salvador volvió a removerse, pero Valeria no se detuvo. Lo abrazó con más fuerza. Comenzó entonces a besar su pecho, envuelta en su propio acto. Después lo besó en el cuello, en las mejillas, luego subió más arriba, más excitada, ya entera encima de él, para besarle la boca. Salvador regresó de las profundidades de su sueño y dio un brinco en la cama. Abrió los ojos, sobresaltado, y se encontró a Valeria a su lado, casi desnuda, los senos amenazantes, agitados, con una mirada de animal en acecho.

—¿Qué hace, señorita? —preguntó atónito, apartándose de ella.

—¡Te deseo, Salvador! —dijo con fuerza callada, en una especie de susurro feroz, hambriento—. Te deseo con todas mis fuerzas… ¡Mátame de una vez y para siempre las ganas que tengo de hacerte el amor, las ganas que mastican mis entrañas! ¡No lo soporto más!

—Por favor —dijo Salvador, aún asombrado, sorprendido por el ataque.

Valeria no cedió terreno y se lanzó sobre él, besándolo, cubriéndolo con su cuerpo, en tanto Cerinza la sostenía por los brazos, en un forcejeo callado, tenso pero silencioso, de movimientos duros, como dos amantes cómplices, porque si bien él impedía el contacto, lo hacía también sin el menor ruido, evitando llamar la atención, despertar a la familia.

—¡Tranquilícese, señorita! —dijo Salvador y logró controlarla, agarrando los brazos de ella y sometiéndola. Pero Valeria se echó atrás, llevándolo con ella y lo ató con la tenaza de sus piernas.

—¡Te odio, Salvador! —dijo con furia, pero excitada a la vez—. Te odio como jamás odié a nadie en este mundo, eres un ser malvado ¡Pero te quiero poseer!

—¡Usted está loca! —dijo Salvador, intentando escapar de sus tenazas—. ¡Está loca de remate! Déjeme en paz y vaya al cuarto junto a su esposo.

Salvador logró sostener los brazos de ella con la mano derecha, movió la izquierda hacia atrás, hacia los muslos que apretaban su cintura, y los agarró con fuerza, hasta que se libró del amarre. Entonces ella soltó un alarido descomunal. Un grito vengativo que estremeció la casa entera.

—¿Por qué se empeña en hacerme daño? —dijo Salvador furioso y levantó una mano en el aire para golpearla; pero no tuvo valor de bajarla.

Valeria dejó escapar otro grito, provocándolo.

—¿Quieres pegarme? ¡Anda, pégame, cobarde! —le incitó ella fuera de sí—. ¡Pégame si eres tan hombre!

Salvador dio un salto desde la cama y se puso de pie. Entonces comenzó a vestirse con prisa, mientras escuchaba las voces que venían corriendo por el pasillo en dirección al cuarto. Valeria saltó de la cama y se postró arrodillada ante él. En actitud suplicante, en una pose premeditada.

—¡Te lo suplico, no te vayas! —le decía, mientras Salvador se cubría con los pantalones y la camisa—. ¡No te vayas así!

Valeria estiró una mano y Salvador la atrapó, evitando que lo tocara. La puerta entonces se abrió, con violencia, y Simón entró al cuarto buscando el origen de los gritos, pero se quedó tieso, congelado al ver a su esposa arrodillada ante Cerinza. No pudo articular palabra por un instante, mientras una furia de celos y humillación corría impetuosamente por sus arterias.

—¿Valeria... qué ocurre? —al fin dijo.

—¡Controle a su esposa! —le dijo Cerinza.

—¡El me invitó a su cuarto! —gritó Valeria—. ¡Intentó desnudarme para abusar de mí!

—¡Eso es mentira! —dijo Salvador.

—¡Le pedí de rodillas que no lo hiciera, le supliqué que soy una mujer decente, recién casada...!

Atolondrado, sin escuchar la voz de Cerinza, Simón arremetió contra él. Los dos cuerpos chocaron con un ruido sordo, y se precipitaron contra la mesa de noche, rompiendo en pedazos una lámpara. Simón intentaba golpear a Salvador, mientras éste sólo controlaba sus golpes. Los cuerpos se movieron unidos por un momento, mezclado con las palabras furiosas de Simón y las súplicas de Cerinza, hasta que Antonio entró y, agarrando a su hermano, logró separarlo de Salvador.

—¿Están locos? —gritó Antonio—. ¿Qué espectáculo es éste?

—¡Maldito sinvergüenza! —dijo Simón.

Salvador terminó de vestirse. Acostada en el suelo, Valeria sollozaba sin control, con las manos en el pecho. En eso entraron Abigail y Ángela, seguidas por dos empleadas. Nadie dijo nada, como si temieran alterar otra vez el orden con una palabra. Abigail se inclinó y abrazó a Valeria. Ángela miraba asustada a Salvador, luego a su marido, Antonio. Entonces, sin decir palabra alguna, confundido y apenado por lo ocurrido, Salvador salió del cuarto y bajó las escaleras a paso rápido. Salió de la casa, molesto y preocupado, y esa misma madrugada regresó a su hacienda.

Salvador conducía su camioneta. Las luces de la carretera pasaban y pasaban a su lado, como estrellas fugaces a los costados del auto. Cerinza manejaba absorto en sus ideas, en los últimos acontecimientos. Tan bien que había quedado el arreglo con Antonio. Tanta ilusión que se hizo cuando selló el pacto con el joven presidente de las empresas. Y ahora esta loca llegó a echarlo a perder todo. Bueno, quizás Antonio comprenda su lado, crea más en su historia y no se deje embaucar por esa desquiciada mental. ¿Pero qué le pasa a esa mujer? ¡En mi vida he visto nada parecido! ¿Se comportan así las jóvenes adineradas? No, no es posible, porque Julieta tiene toda la plata del mundo y jamás se rebajaría tanto. Pero bueno, al menos me conformo si Antonio cree mi verdad.

En eso pensaba Salvador, preocupado por la verdad de lo ocurrido. Sin embargo, todos en la Casa Donoso comenzaron a sospechar muy pronto que Valeria había sido la culpable. Tan pronto como esa misma madrugada. Después de tranquilizarse, acostado junto a su esposa en el lecho matrimonial, Simón le pidió una sincera explicación de lo ocurrido, algo que lo llevara a entender su inusual comportamiento. Valeria estaba acostada de espaldas a él, envuelta en un ovillo, callada, sin ganas de hablar una palabra. Simón insistió. Como respuesta, la mujer lo trató de una forma cruel, lo maltrató con palabras hirientes:

—Debí haberme dejado seducir por ese salvaje —le dijo molesta.

Y se levantó de la cama, caminó hasta la puerta. Dijo:

—Total, es mil veces más hombre que tú.

Valeria durmió aquella noche en el cuarto de huéspedes. Desde la siguiente mañana en adelante, la vida de los habitantes de la casa Donoso se convirtió en una pesadilla, gracias al comportamiento de la nueva Valeria. La mujer empezó a impartir órdenes como si fuera la reina de la casa, mandando a las atolondradas sirvientas, quienes creyeron recordar a la difunta Rebeca cuando estaba en vida. Se enfrentaba a Abigail por cualquier asunto doméstico, ya fuera por los horarios de comida, que los tachaba de «horario de conventos, como si fuera esta casa un claustro de monjas», que si el sabor de la carne, el orden de la limpieza, el perro Azur que tanto odiaba y que juró que algún día no muy lejano lo cocinaría en un caldero hirviendo como no se lo apartaran del camino. «Sopa Azur» le decía a Abigail, siempre que escuchaba ladrando al perro. Le llamaba la atención a Viky por la mínima cosa, que si pareces una bruja con esas trenzas que ya no te pegan, anda y vete a un gimnasio para ver si bajas unas libritas que estás obesa como un cachalote. Les decía barbaridades a las sirvientas sin motivo alguno, discutía con Ángela por la forma en que manejaba a los empleados, que hay que llevarlos de la mano y corriendo y no como haces tú que le ríes las gracias a este grupo de zorras que se pasan el santo día chismeando en los rincones, vigilando a los dueños para no trabajar como Dios manda.

Durante el día, después de alborotar la Casa Donoso con sus malos humores, Valeria visitaba las tiendas y malgastaba un dineral, exigiendo a su esposo que le comprara un coche último modelo, así como la presencia de un mayordomo como Walter…

Una mañana, se asomó a la ventana del jardín y vio al joven jardinero allá abajo cortando las plantas con el torso desnudo, los músculos al aire, mojados de sudor, y ella no pudo resistir la tentación de pedirle un ramo de flores para adornar el cuarto.

El jardinero subió y, al pasar el umbral de la puerta, Valeria se le fue encima. Terminaron revolcados en la cama como Dios los trajo al mundo, mientras ella agonizaba con gritos que salieron del cuarto, rodaron por el corredor y detuvieron las labores de las sirvientas, quienes se miraron entre ellas con estupor. Para ella, para el alma de Rebeca, aquel encuentro sexual fue como el estreno del nuevo cuerpo, del cuerpo de Valeria. Acostada boca arriba en la cama, todavía desnuda, extenuada y satisfecha, ella misma se asombraba de lo ocurrido.

—Cuánto tiempo hace que no me sentía así —se dijo—. No lo sé. Quizás desde hace treinta años, por la época de los Beatles —se acariciaba desnuda frente al espejo—. ¡Qué elasticidad!

En las noches, cuando Simón llegaba de las empresas, Valeria lo ignoraba por completo, como si fuera un objeto decorativo de la casa. El joven intentaba en vano complacer sus placeres, moderar su carácter, buscaba desesperadamente el origen de sus rencores, de su ácida forma de hablar, de comportarse. Pero no comprendía las razones de su cambio. El único motivo, pensaba Simón, era el extraño episodio de su muerte y resurrección. Fue entonces, por primera vez desde que regresaron de la playa, que Simón comenzó a vislumbrar una explicación al raro suceso. Y esa explicación, tan absurda y fantasiosa, la encontró mientras abría las gavetas de su memoria, revisando el pasado cercano, removiendo imágenes y hechos, y encontró a Pedro José Donoso habitando el cuerpo de Cerinza.

A Valeria, en cambio, nada le preocupaba. Andaba suelta y sin vacunar como una coneja revoltosa. La mujer hizo lo que siempre soñó hacer, desde que su sobrina Isabel era la dueña de la casa Donoso: lo que le dio su realísima gana, sin escuchar consejos ni respetar a su esposo, colmando la paciencia de Simón, quien una noche, cansado ya de soportar su atrevimiento, le dio una bofetada en medio de la discusión acalorada. Como respuesta, Valeria subió al cuarto, se vistió enfurecida, se arregló como nunca antes, tomó una gran suma de dinero y, antes de salir por la puerta, le dijo a Simón:

—Me voy a disfrutar de la vida un poco. No resisto vivir más rodeada de arribistas y muertos de hambre. Y prepárate, porque te voy a sacar hasta el último centavo si te atreves a plantearme el divorcio.

Esa noche visitó un bar nocturno de Río Claro, vestida de minifalda y escote atrevido. Desde que se bajó del coche en la entrada no hubo hombre que dejara de mirarla. El club se llamaba «Paradiso». Era viernes, noche especial para las damas, donde las mujeres entraban de gratis y consumían champaña invitadas por la casa. Valeria entró al local, avanzó entre las otras mujeres jóvenes caminando con estilo, moviendo sutilmente sus curveadas caderas, acompañada de la música salsa, el mentón ligeramente elevado, los ojos inquietos, con un aire de autoridad femenina, avanzando bajo las luces azul pálido que bañaban su figura, devorada por la mirada curiosa de los hombres.

—Un martini seco, por favor —dijo al cantinero y ocupó un puesto en la barra. Las otras mujeres de la barra la observaron, mirándola de reojo, como estudiando a un rival de categoría. Valeria bebió un sorbo de su trago y tiró un vistazo a su alrededor. Como en otro club cualquiera, en otra ciudad cualquiera, las mujeres solitarias formaban pequeños grupos, mientras los hombres sin pareja hacían exactamente lo mismo. En el centro del lugar, estaba la pista para el baile. Una cumbia ruidosa saturó de pronto la atmósfera, y varias parejas saltaron a la pista. Valeria movía los hombros al compás de la música, sonriendo para sí misma, disfrutando el momento. Un joven se aproximó a ella.

—¿Puedo invitarla a una copa? —le preguntó cortésmente.

—¿Para qué, si puedo comprar el bar entero? —respondió ella con ironía.

El joven no supo que decir. Entonces Valeria lo rescató de su perplejidad.

—Mejor me invita a un baile, ¿no cree?

El joven la tomó de la mano y la escoltó amablemende hasta la pista. Bailaron esa canción, y luego continuaron bailando, ella intentando atrapar aquel ritmo desconocido para su mente, pero suelta y divertida, sin importarle las risitas cómplices de las otras mujeres que la consideraban una intrusa, y que para colmo no sabía bailar bien. Valeria y el joven bailaron sin parar, descansando sólo para visitar otra vez el bar y cargar los motores a base de martinis, gastando un dineral en cada ida a la barra, porque mientras más martinis Valeria bebía a más personas invitaba, empezando por el joven apuesto que le regaló una sonrisa cómplice desde una esquina, pasando por el señor vestido de traje y corbata que le ofreció un fin de semana en Europa, hasta el trío de damas escrupulosas, que abrieron desmesuradamente los ojos, cuando un travieso seno de Valeria por poco escapa del escote.

—¡Disculpen, señoras! —les dijo divertida—. Es que no pueden estarse quietos un segundo.

Pasadas dos horas de parranda, Valeria se había convertido en el centro de atención del club Paradiso. Deslumbrada por tantos y tan apuestos galanes, no sabía por donde comenzar a divertirse. Los hombres la rodeaban, le proponían aventuras alocadas, le preguntaban hasta el cansancio su número de teléfono, le entregaban tarjetas que ni siquiera se dignó a mirar. Y ella reía sonoramente, espléndida y alegre como una niña, olvidando penas y preocupaciones, con el pelo húmedo por el sudor del baile, sorbiendo lo que parecía su décimo cuarto martini, mientras decidía mentalmente a cual de los galanes le entregaría su cuerpo ansioso de caricias. Tan indecisa estaba, tanta variedad de ejemplares la acechaba, que optó por una competencia de piropos para escoger al dichoso.

—¡Tus ojos derriten el sol! —gritó un rubio de camisa amarilla.

—Dios hizo el río para que fuera tu espejo —dijo el señor maduro del viaje a Europa.

—¡Llévame contigo aunque sea en la cartera! —exclamó suplicante un tímido adolescente de cabeza rapada.

—¡Por ti empeño la dentadura postiza! —le confesó un anciano desde un rincón de la barra.

Y así continuaron por un rato, hasta que al fin ella reparó en un trigueño de pelo negro, largo y rizado, quien no había abierto la boca en toda la noche y la contemplaba bebiendo en silencio. Le hizo recordar a Salvador.

—¿Y tú eres mudo? —le dijo Valeria en tono retador. Todos hicieron silencio y miraron expectantes al hombre del cabello oscuro.

—No soy mudo —respondió él—. Pasa que estoy esperando que termines la fiesta para llevarte a mi cama.

No tuvo necesidad de decir otra palabra. Valeria bebió el último trago de un tiro, se bajó de la silla, tomó su cartera y le dijo:

—¿Qué esperas entonces?

Media hora después entraban juntos a un cuarto de hotel. Valeria se dejó acariciar por el hombre, permitió que sus manos ansiosas la desnudaran. Se dejó conducir por los primeros pasos del rito sexual, mareada por los efectos del alcohol, estrujando los cabellos del joven. Lo besó, casi inconsciente, con los párpados cerrados y la mente en otro lado, imaginándose a sí misma en los brazos de otro, y entonces, en el justo instante de comenzar, la imagen de Salvador asaltó a mano armada su cabeza. No pudo concentrarse. Mientras más sentía la respiración agitada del hombre, más detestable le parecía y más aumentaba su recuerdo de Salvador. De un salto se paró de la cama y se alejó confundida. Comenzó entonces a vestirse apurada y después echó al confundido hombre de su cuarto. Lágrimas de rabia y desespero colmaron sus ojos y su alma y se acostó para desahogarse, llorando sin testigos hasta que el nuevo día la encontró dormida.

Al regresar a su casa en la tarde, Valeria entró rodando su auto, pero frenó en seco antes de llegar a la entrada. Aparcado frente a la casa estaba el coche de la mismísima Gaetana. Si existe alguien en esta tierra capaz de descubrir mi secreto, es sin duda la bruja, amiga de Pedro José Donoso, pensó Valeria, y entonces giró la palanca en retroceso y salió huyendo del lugar. Decidió regresar a la ciudad y esperar allí la noche, entretenida en las tiendas, en la peluquería y el manicuro, mientras planeaba de qué manera enfrentar el obstáculo de Gaetana.

Ocurrió que la noche anterior, después del escándalo que Valeria le había propinado a Simón, el joven esposo al fin le narró a la familia los hechos extraños de la playa Santa María.

—¡Y por qué razón no lo dijiste antes, Simón! —dijo Antonio.

—No quería alarmarlos con pequeñeces. Es mi esposa... yo ya soy un hombre adulto y responsable.

—¿Pequeñeces? —se quejó Abigail—. ¿Cómo puedes llamar pequeñez a una cosa tan grave hijo?

—¡Cristo! —gritó Viky desde un rincón de la sala—. ¡Otra resurrección!

—No es resurrección, Viky —dijo Ángela—. Es posesión del cuerpo ajeno.

—Como quiera que sea —dijo Abigail—. Esta desgracia nos vuelve a suceder ¡Es como una maldición que nos persigue!

—Pero si es posesión —opinó Antonio—, entonces, ¿de quién es el espíritu?

Todos se miraron, enigmáticos. No empezaban a razonar cuando la voz de Viky se filtró desde el rincón.

—Para mí, que deben traer a esa mujer extravagante, la de los pelos coloreados.

De ese modo, invitaron a Gaetana. No tardó en llegar. Con el propósito de encontrar una solución al problema, la familia se reunió junto a la espiritista. Ella era la única capacitada para adivinar la identidad del espíritu que poseía a Valeria. Había que esperar por la joven.

—¿Pero donde estará metida esa alma? —preguntó Gaetana.

—Sólo Dios sabe —dijo Abigail—. Con las locuras que ha hecho por estos días, ya nada extraordinario me espanta.

—No se me preocupe, señora —dijo Gaetana—. Si no es hoy, será mañana u otro día. Vendré a visitarlos hasta que descubra el misterio.

La que toma la iniciativa, y devuelve la visita la noche siguiente, es la propia Valeria, pues sabe que tarde o temprano Gaetana se cruzará en su camino. Es mejor enfrentarla a solas, sin testigos, y así tener la oportunidad de amenazarla. Gaetana la recibió amable, cortés y curiosa.

—Qué sorpresa tan agradable —le dijo—. Ayer precisamente visité su casa. Tiene a toda su familia preocupadísima.

—Cuando las personas están ociosas, siempre ocurre lo mismo. Como no tienen preocupaciones, las inventan del aire.

—Me confesaron que está comportándose muy raro últimamente.

—Porque estoy aburrida de tanta mediocridad.

—Qué raro… tenía entendido que amaba a su esposo.

—Ya usted misma lo dijo… Amaba a mi esposo —dijo Valeria, y después preguntó—. ¿Cuál fue el motivo de su visita?

—Me pidieron que la examinara.

—Tenía entendido que ya no engañaba a los tontos.

Gaetana la observó, molesta por sus palabras. Pero no perdió su dominio.

—Es cierto. Dedico mi tiempo a otras ocupaciones... A cuidar de mi marido, por ejemplo —dijo Gaetana con sarcasmo—. De todas maneras, me gustaría examinarla.

—Sí así lo desea.

Gaetana le indicó con una mano que tomara asiento. Valeria se sentó, puso a un lado la cartera y estiró sus manos a la espiritista. Gaetana cerró los ojos. Comenzó entonces su habitual llamado a las almas. Valeria la miraba calmada, con un asomo de sonrisa en sus labios, hasta que, de repente, Gaetana abrió sus grandes ojos y exclamó asustada:

—¡Eres tú... eres Rebeca! —le dijo Gaetana, casi sin aliento.

—¡Sí, soy yo! —responde Valeria con una sonrisa infernal.

—¿Por qué no te has marchado de este mundo? —le pregunta Gaetana.

—¡Porque tengo deudas que cobrarle todavía a los vivos! —responde Valeria. Un frío calambre de terror recorrió el cuerpo de Gaetana.

—¡Dios Santo! —dice Gaetana con horror—. Tengo que avisarle a tu familia.

Pero Valeria le responde que ya es muy tarde, que ya no tendrá tiempo de contactar a su familia porque ella se marcha y no molestará a nadie en el mundo de los vivos. Sólo quiere estar con Salvador Cerinza. En algún lugar recóndito de su alma, ella sabe que existe una sola puerta de salida: dejar su huella en el cuerpo de Salvador, o morir en el intento. Antes de marcharse, Valeria se detuvo:

—Te advierto que no metas tus narices en este asunto —dijo—. Mantente apartada por el bien de todos. Y por el bien de tu salud.

—A Gaetana Cherry no le gusta que la amenacen, querida.

Valeria abrió la puerta. Sonrió a la espiritista.

—Si mis planes se echan a perder por tu culpa —le dice Valeria—. No dudaré en llevarte conmigo al infierno.

8.

VALERIA BUSCA A SALVADOR

Valeria regresó a la casa Donoso, pero sólo con la intención de tomar más dinero, más pertenencias y marcharse al pueblo Las Cruces tras los pasos de Salvador. La obsesión por Cerinza le había nublado la razón. Como ocurrió anteriormente con Isabel, el sumo deseo de entregarse a Salvador y convertirse en su amante la conducía a cometer los actos más viles y descabellados. Le importaba un pepino lo que dijeran de ella, lo que pensaran o dejaran de pensar. Su vida era como un velero sin rumbo, y su único puerto de llegada era Salvador.

Mientras tanto, en la hacienda La Alameda, los Cerinza vivían momentos tensos. Cantalicia no le perdonó a Salvador su viaje a la Casa de Donoso, mucho menos haberle escondido sus propósitos. Ella presiente que algo malo sucederá.

—Alguna tragedia nos caerá del cielo —predice la mujer—.

Ya verás, porque cada vez que te relacionas con esa gente nos pasan cosas malas, como un castigo del Señor.

Y para colmarle más todavía la paciencia a Salvador, Cantalicia se negó a entablar negocios con la familia Donoso. Él intentaba por todos los medios persuadirla, pero la mujer no cedía terreno.

—Que se guarden su plata... el dinero daña a la gente honesta y trabajadora —dijo Cantalicia, sin darse cuenta que ella misma se había transformado por culpa del dinero.

Salvador, que nunca en su vida maltrató con palabras a una mujer, descargó su furia contenida en un portazo y se marchó de la hacienda en busca del padre Jacobo. Visitó la iglesia, pero no lo encontró. Entonces, sin ganas de regresar a La Alameda, caminó por las calles del pueblo por un buen rato. Caminó sin destino, cruzándose con la gente que lo miraba de reojo, con las manos en los bolsillos de su chaqueta, cavilando en silencio, hasta que sus pasos inciertos lo llevaron hasta la puerta de El Tigre de Oriente.

Era el bar más popular de Las Cruces. Un letrero lumínico, en donde un tigre de Bengala sostenía un cubo de cerveza, daba la bienvenida. Salvador cruzó la puerta de batientes y entró al lugar, bastante concurrido. Un grupo de campesinos ocupaba las banquetas de la barra. A la derecha, las mesas de billar. El sonido de las bolas chocando se mezclaba con la música de la vitrola. Una cumbia brotaba del aparato. Salvador llegó a la barra de madera, se sentó, quitándose el sombrero. Algunos lo miraron de manera hostil, otros lo saludaron.

—Un aguardiente —dijo—. Que sea doble.

Detrás del mostrador, una joven con demasiada pintura en su rostro le sonrió. Tenía unos aretes enormes. Le sirvió el trago. Cerinza se lo disparó de un tiro.

—Déjame aquí la botella. Así te ahorras el viene y va con ella.

—De acuerdo —dijo ella con una sonrisa. Luego añadió—; Nunca antes lo he visto por aquí, y sin embargo, veo que es bien popular.

—Salvador Cerinza, un placer… Así es… para la gente que no me conoce, soy el diablo. Y para los que sí me conocen, soy un ángel ¿Puede entender eso?

—¿Y para las mujeres? —preguntó ella, coqueta.

—Las mujeres, señorita, me están volviendo loco de remate —dijo Cerinza y se empinó otro trago—. Hay que ser brujo para complacer sus antojos.

La joven de la barra se rió. Su risa era alegre, ruidosa.

—Es una lástima… que siendo tan buen mozote pierda usted la cabeza. Déle unos palos a la botella, a ver si ahoga las penas.

—Aunque sea adormecerlas, ¿no?

La joven fue a atender a otro cliente. Escuchando las melodías tristes que emitía el gramófono, Salvador se refugió en la soledad de la botella. Luego la música se detuvo. La joven de colores vivos y plácida sonrisa salió por detrás de la barra, agarró un micrófono y empezó a cantar, acompañada por un guitarrista ciego, con sombrero y gafas oscuras.

La joven cantaba con voz triste, como un llanto arrastrado:

> *Asomaba a sus ojos una lágrima, y a mi labio una frase de perdón... habló el orgullo y se enjugó su llanto, y la frase en mis labios expiró... Yo voy por un camino; ella por otro, pero al pensar en nuestro mutuo amor, yo digo aún: ¿Por qué callé aquel día? Y ella dirá: ¿Por qué no lloré yo?*

Así cantaba la joven, y la guitarra soltaba lentas notas, apoyando aquella poesía. Y Salvador las escuchaba, absorto, pensando en Julieta, en la tarde espléndida de la cascada, en sus labios mojados, en los tibios senos de aquella mujer que le abrió las puertas de su ser, y él había entrado para no salir jamás. Porque era una trampa. Sí, eso era el amor. Una trampa mañosa de la vida para sufrir. «¡Eso es el amor, carajo!», se dijo a sí mismo, mientras alzaba los vasos de aguardiente y los bebía de un soplo. A medida que los tragos aumentaban, las letras de las canciones le parecían más dolorosas. Las penas hervían en la caldera de su corazón. El recuerdo de Julieta, la incomprensión de Cantalicia, la imagen de Valeria postrada ante sus pies. Todo se conjuraba en su cerebro anestesiado.

—¿Nos invita a una co-copita don Cerinza? —dijo un hombre parado a su lado—. Mire que ahora sí tiene plata.

Era alto, con cara de pendenciero, y llevaba puesta una gorra de pelotero, sucia y desteñida. Le decían «El Gago». Estaba rodeado de dos amigotes que se echaron a reír en sonoras carcajadas. Salvador volvió su rostro y lo miró fijamente, con los ojos medio achinados por el alcohol. Dijo:

—Déjenme en paz, por favor.

—Está que no lo co-conozco, Cerinza. No se me-me haga el importante ahora —dijo el hombre—. Mire que yo to-todavía me recuerdo de cu-cuando era un andrajoso.

—Y le huía al agua como un gato —dijo otro de los hombres y todos se echaron a reír.

—Un día me le paré delante co-con el machete —dijo El Gago—. Allá en el rancho, y Cerinza salió co-corriendo como gallina asustada.

—Lo hice porque andaba con Moncho —recordó Salvador—. Eso es parte del pasado, Gago… Olvídelo.

—¡Có-cómo lo voy a olvidar! Si estuve dando vueltas to-todo el día.

Los hombres se reían a carcajadas. Estaban bastante borrachos.

Salvador se paró, sacó un billete del bolsillo y lo deslizó bajo la botella de aguardiente vacía.

—¿Adónde piensa que va? —dijo el de la gorra.

—Ya bebí demasiado —dijo Cerinza—. Quédense con el cambio del billete y se beben unos tragos ¿está bien?

—Pero así no-no se vale, quiero que be-beba con nosotros —dijo el Gago y lo tomó del brazo.

—No quiero repetirlo —advirtió Salvador—: Déjenme en paz.

Cerinza se soltó de la mano que lo agarraba y giró hacia la puerta, pero el Gago quería retenerlo. A toda costa.

—¡Espérese ahí! —gritó y, levantando su brazo, golpeó a Cerinza en el rostro.

La cantante detuvo su voz, cesó el sonido de las bolas del billar, los hombres rodearon a Salvador. El guitarrista ciego, ajeno a lo que ocurría, continuaba rasgando su guitarra, mientras Salvador se recuperaba del golpe. El Gago lanzó otro golpe, pero esta vez Cerinza lo esquivó, y, limpiamente, le soltó un derechazo que lo hizo volar por encima de las mesas, causando un ruido de vasos y copas rotas.

—¡Mal parido! ¡Cobarde! —gritaron los hombres y de pronto el bar se le vino encima a Salvador. Entonces no le quedó más remedio que salir corriendo.

Un grupo de inquilinos de la cantina salió también tras sus pasos. Lo persiguieron por las calles oscuras del pueblo, gritando venganza y obscenidades, en tanto Cerinza corría rápido, tropezando con las pocas personas que a esa hora caminaban por Las Cruces. Corrió sin mirar atrás, con la cabeza aturdida por la bebida y por el golpe en el rostro. Sintió el sabor de la sangre en su lengua. Al llegar a la calle de la iglesia, torció derecho hasta un rincón en la oscuridad. Un poco después, los hombres pasaron ante su escondite. Todavía gritaban, vociferando obscenidades, con ese tono ridículo, pero a la vez agresivo, de los borrachos; pasaron trastabillando, chocando unos con otros, hasta que desaparecieron más allá de la parroquia.

Salvador salió del rincón. Estaba frente a la plazoleta de la parroquia. Miró a su alrededor. Nadie. Se acordó de pronto de su camioneta ¿Dónde la había estacionado? «En la iglesia, por supuesto», pensó. Sin embargo, la camioneta no estaba allí, frente a la parroquia. Debió haberla estacionado en la parte trasera.

Se dirigió entonces hacia el otro lado de la iglesia. La noche era oscura, cerrada. La luna, un delgado semicírculo que apenas brillaba en el cielo. Un perro ladró en algún rincón de la plaza.

—¡Allí está! —al escuchar este grito, Salvador se detuvo.

Como un enjambre de hormigas, los hombres del bar que rodeaban la camioneta de Salvador, echaron a correr tras él al verlo. Salvador Cerinza corrió otra vez. Las piernas le dolían del cansancio. No estaba acostumbrado a tanta carrera en tan pocos minutos. Sentía el pecho a punto de explotar, le faltaba el aire; la idea de detenerse, de enfrentar a los hombres sin importar las consecuencias, empezó a gustarle. Y le fue tomando el gusto a medida que corría. Entonces, al doblar derecha en una esquina, tropezó con un poste eléctrico y fue dando tumbos sin equilibrio hasta caer en medio de la calle. Los hombres llegaron. Lo vieron allí tendido, mientras Salvador se levantaba y se preparaba para enfrentarlos. Venían armados con palos, machetes. Sonreían malditos, satisfechos.

Cerinza vio, de pronto, sus rostros alocados bajo el fogonazo de luz que disparó un coche al doblar la esquina, y que rodó hacia ellos chillando las gomas a toda velocidad. Vio como los hombres saltaron a la acera, mientras el coche frenó en seco frente a Cerinza, quien se subió a la maquina sin mirar al rostro de su ángel salvador. El coche chilló otra vez sus gomas y se perdió en la oscuridad de la noche. Atónitos, furiosos, los hombres de la cantina vieron alejarse los flechazos de luz.

—¡Se salvó de mi-milagro! —dijo El Gago.

El coche prosiguió la marcha, aumentando la velocidad, y Salvador miró hacia atrás, viendo desvanecerse las figuras de sus perseguidores a través del cristal trasero. Luego giró la cara a su izquierda. Y se encontró con la sonrisa pícara de Valeria, brillando en la oscuridad de la noche.

—La gente de aquí —dijo ella—. Tiene la sangre caliente.

Salvador no contestó nada. La cabeza le daba vueltas. Cerró los ojos y sintió otra vez el sabor amargo de la sangre en su boca. Valeria conducía, mirándolo de reojo. Ella lo había visto entrar a la cantina de Las Cruces. Había llegado al pueblo cayendo el atardecer y preguntó por la hacienda La Alameda. Una mujer le enseñó cómo llegar, pero luego le dijo: «Si lo que usted quiere es ver a Cerinza, pues allí está su camioneta». Valeria entonces rodó despacio por las calles del pueblo buscándolo entre la gente de la plaza, del mercado, hasta que vio su inmensa figura caminando por la acera, entrando al Tigre de Oriente. Luego lo vio salir corriendo, huyendo de sus perseguidores, pero ella esperó el momento oportuno.

—Si ha venido a meterme en problemas —dijo Salvador—, por favor déjeme aquí mismo. Yo regreso andando a la hacienda.

Valeria sólo lo contemplaba hechizada, casi sin aliento, con el corazón latiendo de emoción. El hombre de sus sueños estaba allí junto a ella. Sintió de pronto deseos de besarlo, de abofetearlo, de gritarle cuanto lo odiaba y lo amaba a la vez... pero logró controlar sus impulsos.

—Lamento mucho lo ocurrido en la Casa Donoso —dijo Valeria—. No pude controlarme.

Salvador la miró en la oscuridad del coche. Habían salido del pueblo y la máquina rodaba ahora por un sendero, entre árboles. El rostro de ella le parecía doble, como el eco de la imagen.

—No me siento bien —dijo él, cerrando los ojos—. No entiendo sus motivos... pero le agradezco de todas formas. Ahora lléveme a mi casa.

—Le pido de favor, que no regrese a la hacienda —dijo Valeria—. Esos hombres seguro lo van a buscar allá.

Lo dijo tan suave, tan dulce y convincente, que Salvador aceptó, indicándole un punto en donde podían detener el coche y esperar tranquilos el amanecer.

Al llegar al lugar, se bajaron del coche. Caminaron separados por un trecho, pero Salvador se sentía muy mareado. Todas las cosas a su alrededor, los árboles oscuros, las sombras, seguían dándole vueltas. Estaba aturdido. Los efectos del alcohol le hacían trastabillar. Valeria lo abrazó como apoyo y él comenzó a sentir su cuerpo ardiente, el olor de su ansiedad. Después de caminar durante unos minutos, Salvador escogió un punto donde esperarían el nuevo día. Frente a ellos estaba el río con su pequeña cascada, el mismo río donde Salvador había amado a Julieta Villalba. Su recuerdo le hizo cerrar los ojos y dejarse llevar por aquella bella imagen que lo perseguía. Valeria entonces aprovechó el momento y, acercando su rostro, lo besó profundamente. Esta vez Salvador no se apartó, no se alarmó. Todo lo contrario, se dejó arrastrar por el flujo de la pasión. El joven creyó ver, de pronto, a todas las mujeres de su vida haciéndose añicos y convirtiéndose en una sola, en esa mujer que tenía ahora entre sus brazos, sentada a su lado. El deseo comenzó a recorrer su cuerpo. Salvador abrió los ojos y la miró. Contempló sus labios húmedos, la mirada chispeante de ardor; sintió su cuerpo perfecto, sus senos hermosos recostados a su pecho, la respiración alterada.

—Es raro —dijo él—. De pronto, me parece que ya vivimos esto.

—Sí, Salvador. Lo hemos vivido muchas veces… En mis sueños.

Entonces la llevó hasta él y la besó apasionado, perdiéndose, extraviándose, olvidando en dónde estaba sentado y hasta quién demonios era. La besó con los ojos cerrados, sintiendo el rumor de la cascada, la mano de Valeria escarbando su cabello, como una tarántula tierna y apacible.

Ninguno de los dos se percató del transcurrir del tiempo. Valeria sólo alcanzó a decirle a Salvador, en frases entrecortadas, que siempre soñó con ese momento, y se quedó repitiendo esas palabras mientras el placer la invadía con fuerza opresiva, y sintió de pronto en su cuello un soplo de aire, frío y ligero, como el soplo que nos llega del mar en las mañanas de invierno. Salvador la contempló atónito, asustado, viendo como el cuerpo de Valeria, de repente, comenzaba a temblar, en breves y rápidas convulsiones, como si el alma de la joven estremeciera su cuerpo. Nunca antes había visto nada parecido.

—¿Te sientes bien Valeria?... ¿Valeria? —dijo él.

Salvador no lo sabía. Nunca lo supo. En ese instante, dos espíritus luchaban entre sí por el derecho a poseer aquel cuerpo joven y hermoso. El espíritu de Rebeca, debilitado por la fuerza del deseo y el alma de Valeria, despertado por el mismo deseo ajeno.

Ella permaneció con la cabeza echada hacia atrás, los ojos cerrados, sostenida apenas por las manos de Salvador, mientras le parecía avanzar por un sendero oscuro que no llevaba a ninguna parte, suspendida en el tiempo, hacia un sin fin, hacia lo alto, cada vez más alto, hacia la nada. Hasta que de repente, la nada desapareció, el tiempo quedó inmóvil, y ella cayó dormida en los brazos de Salvador. Momentos después, él también cayó rendido de cansancio y se acostó junto a ella en la hierba.

Las primeras luces del amanecer encontraron a Salvador y Valeria tendidos en el pasto. Salvador despertó desorientado, sin saber si había amado a Valeria en sueños o en la realidad. La miró allí tendida, hermosa en su conjunto, con los ojos cerrados y la respiración calmada.

—Valeria, despierta —le dijo en un susurro y luego acarició su rostro para despertarla. Pero ella estaba desmayada. Así que Salvador la vistió despacio y la llevó cargada en sus brazos hasta el coche.

Tenía que tomar una determinación. La Casa Donoso quedaba muy lejos. Su hacienda en cambio, era el lugar idóneo adonde dirigirse. Pero allá estaba Cantalicia esperándolo para una segura cantaleta. No obstante, prefirió el escándalo de su esposa a conducir por tantas horas con aquella mujer inconsciente.

Valeria no abrió los ojos en todo el tiempo que duró el trayecto. Era como si hubiese perdido toda señal de vida, salvo el tenue aliento de su respiración. Su mente navegaba sin rumbo por lugares oscuros y desconocidos, por esos lugares donde sólo habitan el alma de los seres muertos. Era como si los espíritus de Valeria y Rebeca pugnaran todavía por adueñarse del cuerpo. Como si el éxtasis sexual del encuentro con Salvador hubiera calmado el alma intranquila de la difunta Rebeca y, de una vez para siempre, se hallara en su camino al infierno.

Pero Salvador no lo sabe. Salvador conduce el coche de la bella Valeria dormida en el asiento trasero y un poco después, llega rodando a la hacienda.

—No te pongas celosito, mi amor —le acarició la mejilla—. Mi relación con aquella familia es pura amistad. Tenemos lazos fuertes por mi gran amistad con el difunto Pedro José.

Evaristo se paró, molesto. Nunca le creyó a Gaetana el cuento del espíritu de Donoso. Para él, las cosas de fantasmas y aparecidos eran producto de la imaginación desbordada de su mujer. Y un modo también de ganarse los frijoles. Sólo eso. Si hubo personas que creyeron en aquella fantasía, allá ellos por el dinero que malgastaron. En cambio, él no tenía fe ni en su propia progenitora.

—Mira, Gaetana, yo nunca me opuse a todo ese misticismo y brujería... Pero acordaste conmigo, me prometiste, no meterte más en ese asunto de muertos. Y te advertí que no volvieras con ese cuento de Donoso en el cuerpo de Salvador. ¡Por favor!

—Estás celoso sin motivos, Evaristo.

—¡¿Yo, celoso?! ¿De quién?

—De Salvador.

—No seas ridícula, mujer...

—Entonces permíteme visitar a esa familia. ¡Necesitan mis consejos!

—Haz lo que quieras, pero luego no vengas a pedirme ayuda cuando te metas en algún rollo por su culpa.

De modo que Gaetana salió a media mañana y se dirigió sola a la Casa Donoso. Era un sábado cálido. Las flores coloridas, los árboles verdes de la mansión, pasaban por un lado y otro del coche de Gaetana mientras entraba rodando despacio. Vio a lo lejos a Simón. El joven venía desde la piscina, envuelto en una toalla. Su hermano Antonio estaba sentado bajo la sombra de un árbol, acompañado de Ángela y el niño. Al verla estacionarse, Simón se aproximó curioso.

9.

GAETANA REVELA LA VERDAD Y SALVADOR LLEGA A LA HACIENDA

La misma tarde que Valeria partió hacia el pueblo Las Cruces en busca de Salvador, Gaetana decidió visitar la Casa Donoso y notificar a toda la familia los detalles de su descubrimiento. No le resultó fácil salir de su casa. La noche anterior, se había enfrascado en una discusión acalorada con su marido Evaristo. El hombre se negaba, de forma rotunda, a que Gaetana se mezclara otra vez en los asuntos privados de Salvador Cerinza.

—Este asunto, mi querer, no tiene nada que ver con Salvador —le explicó Gaetana—. Esa familia sufrirá otra tragedia si no le doy una mano.

—Llámalos por teléfono —dijo Evaristo—, que para eso estamos en el siglo veintiuno. No le veo la necesidad de visitarlos.

Gaetana fue y se sentó en su regazo. El hombre era terco, pero ella lo quería. De veras lo quería.

—Valeria no ha regresado, Gaetana —dijo Simón—. Por esa razón no la he llamado.

—Por aquí no regresó, y quizás no regrese otra vez.

—No la entiendo.

—Fue a visitarme a mi casa —dijo Gaetana.

Simón se quedó perplejo, en silencio. Gaetana se dio cuenta: el joven no tenía valor para hacer la otra pregunta. Pero ella respondió.

—Se trata de Rebeca, la tía de Isabel.

Simón se quedó petrificado. Sintió un sobresalto en el centro de su estómago. Luego se le formó un nudo en su garganta. Estaba mudo de terror, de asco, de angustia.

—Creo que será mejor que entremos jovencito —dijo Gaetana—. Tenemos que encontrar una solución juntos, usted y toda la familia.

Un poco después, en efecto, la familia entera se reunió en la sala. Abigail lloró de dolor cuando supo la noticia, en tanto Ángela estaba congelada de estupor y miedo. Antonio se paseaba de un lado a otro de la estancia, como un animal enjaulado, cavilando profundamente.

—Primero, tenemos que avisar de inmediato a Salvador —dijo Antonio—. Antes que esa loca cause una desgracia. Y aconsejarle que llame a las autoridades.

—¡No, eso nunca, Antonio! —dijo Simón—. Me opongo rotundamente… ¡Esa mujer es mi esposa! ¿Cómo se te puede ocurrir?

—¿Qué quieres? ¿Dejarla que cometa un crimen? ¿No recuerdas como se fue Rebeca aquella noche de aquí?

—Una mujer que tenga el valor de quitarse su propia vida —dijo Abigail—, es capaz de quitarle la vida a cualquier ser humano.

—No creo que lo haga —opinó Gaetana—. Su objetivo ahora es atrapar a Salvador en sus redes.

—Por eso mismo soy partidario de encerrarla —dijo Antonio —. Si Cerinza la rechaza, no dudo que será capaz de cometer un crimen.

Simón se acercó a su hermano. Su rostro era el de un hombre desesperado.

—Yo quiero recuperar a mi esposa —dijo Simón con los ojos húmedos—. No puedo abandonarla porque la amo, Antonio. Esa mujer significa la vida para mí… ¿No ves cómo estoy destruido? ¡Voy a buscarla donde quiera que se encuentre! Y más ahora, sabiendo que no es ella, sino esa víbora venenosa la causante de sus actos. Estoy de acuerdo en detenerla y así evitar desgracias, pero prefiero internarla en una clínica privada que meterla tras las rejas. Algún día, si Dios quiere, ese espíritu del demonio abandonará el cuerpo de mi esposa, como sucedió con Pedro José. Yo estoy dispuesto a esperar.

Antonio miró a su hermano con orgullo. Sonrió cariñosamente y le puso una mano en el hombro, como símbolo de apoyar sus deseos.

—Está bien. Así lo haremos, mi hermano.

—Es usted muy valiente —dijo Gaetana—. Y demuestra que quiere mucho a su esposa, pero le prevengo antes que tome una decisión definitiva. La posesión del cuerpo de Valeria puede durar una eternidad. Es más, nunca se ha sabido el tiempo exacto que dura un acontecimiento de esas magnitudes... Por esa razón, la gente común lo considera un hecho fantástico. No hay referencias científicas, lo mismo puede tardar meses, como sucedió con Pedro José en el cuerpo de Salvador, que durar toda la vida.

—No importa —dijo Simón—. Ya lo dije... estoy dispuesto a esperar, aunque se me vaya la juventud en ello. Valeria es la única mujer que deseo en este mundo. Para mí, no existe otra.

Abigail, sin embargo, estaba aterrorizada con la idea. Entre lágrimas y súplicas aconsejó avisar a las autoridades.

—Es preferible tener a Valeria tras rejas —dijo Abigail—. Allí será incapaz de hacer daño. Quizás de esa manera, al verse encerrada, el espíritu de Rebeca abandonará el cuerpo y se marchará por el bien de la humanidad.

—¡Eso espero! —dijo Gaetana—. Qué Dios escuche tus palabras, mujer.

—No, mamá —concluyó Simón—. De sólo imaginarme a Valeria tras las rejas, se me quiebra el alma en dos.

No hubo más discusión. La firmeza de Simón derrotó el temor y la incertidumbre de los otros miembros de la familia. Abigail abrazó a su hijo y le deseó la mejor de las suertes. Antonio le dio su apoyo, mientras Ángela le pidió que no cometiera, una vez más, el error de enfrentarse a Salvador. Al fin y al cabo, el joven hacendado no era culpable de lo sucedido, mucho menos ahora, que todos sabían que era el espíritu de Rebeca el que andaba tras el cuerpo de Salvador.

—Entonces —dijo Gaetana—. ¿Cuándo partimos?

—¿Me va acompañar a Las Cruces? —le preguntó Simón.

—¡Pero si ya se nos hace tarde! —exclamó Gaetana—. Con lo que a mí me gusta la bulla y el chisme ¿Usted cree que iba perderme la fiesta?

Al que no le agradó para nada la partida de Gaetana fue a Evaristo Canales. Él se lo había advertido bien claro: «No te quiero ver metida en asuntos con Salvador», pero la espiritista se arriesgó. Las palabras de Evaristo le salieron por el oído izquierdo, segundos después de haber entrado por el derecho. Gaetana tomó una cartera, un par de prendas de ropa —siempre extravagantes, aún siendo ropa de campo— y se marchó antes del alba con Simón tras el volante. Desde la ventana de su cuarto, viéndola salir con sus grandes gafas y sus altos tacones, Evaristo movió la cabeza en señal de desaprobación.

Como mismo vio Cantalicia, minutos después, un coche entrando por el sendero de La Alameda. Como cada mañana, sentada en la sala, una taza de café con leche, una revista, y el sol despegando tras el horizonte y ascendiendo sobre los álamos. Cantalicia vio el coche avanzando, creciendo en tamaño, y salió curiosa al pórtico de entrada. Al ver a su esposo tras el volante, al contemplarlo bajar del coche, sonríe feliz, satisfecha. Había pasado la noche desvelada, furiosa con Cerinza, pero ahora él regresaba otra vez a su nido. Todo volvería a la normalidad, su esposo llegaría a pedirle perdón, a decirle que ella tenía la razón desde el inicio. Al diablo los Donosos y todo su dinero. ¡Tú y yo nos las arreglamos!

Esas ideas, esos pensamientos, pasaron por la mente de Cantalicia en una fracción de segundos. El tiempo necesario para que Salvador se apeara del coche, abriera la puerta trasera y cargara en sus brazos a Valeria, aún desmayada. La sonrisa satisfecha entonces se transformó en mueca de sorpresa, luego en preocupación, hasta ir creciendo, subiendo de tono, para convertirse en la más feroz indignación. Con los brazos cruzados y el rostro de piedra, Cantalicia se cuadró como un soldado de posta en la puerta de su casa.

—¡Devuélvela a dónde mismito la encontraste! —le gritó molesta a Salvador—. ¿Dónde dejaste tu vergüenza, descarado? ¡Te pasas la madrugada con otra mujer y encima la traes a mi propia casa!

Salvador la miró serio, sin mover un músculo de su rostro.

—Esta mujer necesita atención de un médico —dijo calmado—. O me dejas pasar, o me marcho con ella a otra parte.

—¡¿Te volviste loco, Salvador Cerinza?! ¿Cómo puedes decirme eso? —dijo airada—. Parece que lo que bebiste en El Tigre de Oriente te hizo perder la razón.

—Ya veo que estás bien informada. Déjame pasar, necesito recostarla y llamar a un médico.

—¿Sabes cómo me enteré de tu parranda? ¡Pues se aparecieron un grupo de pendencieros aquí a buscarte a las cuatro de la mañana! Sino es por Gregorio, que los sacó a escopetazos, hubieran invadido la casa.

—Está bien, lo siento mucho. No volverá a ocurrir. Ahora, por favor, quítate del medio o regreso al coche con ella.

—Está bien, tú ganas… ¡pero no cuentes con mi ayuda! —dijo al fin Cantalicia y se apartó para dejarlo pasar.

Salvador entró a la casa con Valeria en sus brazos, avanzó erguido por la sala, contemplando el rostro dormido y angelical de aquella joven bella, hermosa en su conjunto, los párpados cerrados, sintiendo en su mentón el tenue y delgado hilo de su respiración sosegada. Subió despacio las escaleras, con los brazos de ella colgando a los lados, meciéndose con cada peldaño. Caminó después por el corredor silencioso, donde sólo se escuchaba el sonido del sol calentando las paredes, las ramas de los helechos y las violetas, mientras él avanzaba, mirando otra vez la cara de aquella mujer, deseando, imaginando a Julieta por ese mismo pasillo, acostada en aquellos brazos. Abrió la puerta de una alcoba y acostó a Valeria sobre la cama.

Durante el transcurso de ese día, Valeria no mostró señales de recuperación. Sin conocimiento, acostada en el cuarto de huéspedes, recibió la visita de un doctor buscado por Salvador, que confesó no encontrar ningún síntoma de enfermedad en la joven mujer.

—Parece dormir tranquilamente, como si estuviera sacando, de su organismo, las ganas de dormir que acumuló por tantos días.

10.

SALVADOR CUIDA DE VALERIA Y LLEGA VISITA

Desde el umbral de la puerta, con las manos en los bolsillos de su vaquero, Salvador miró a la joven sirvienta inclinarse sobre la cama donde yacía Valeria. La sirvienta mojó un pañuelo en agua de colonia con aroma de violetas y frotó suavemente la frente de Valeria, después el pecho y por último los brazos dormidos. Salvador había regresado del campo. Durante todo el día de trabajo, allá en el calor y en el polvo de la tierra, entre las voces de sus empleados, había pensado en Valeria. Era el segundo día y ella continuaba inconsciente. El doctor le había dicho: «No está enferma, pronto despertará». Y él miraba hacia la casa de la hacienda, esperando, queriendo ver a Valeria venir hasta los sembrados, para explicarle que debía regresar junto a su esposo. Pero Valeria nunca vino. Continuaba allí, tendida en la cama de la alcoba como una misteriosa bella durmiente, con su pelo negro ahora oloroso a violetas.

—Gracias, Elizabeth —dijo Salvador a la sirviente.

—De nada, patrón —dijo ella, mirando hacia Valeria—. No abrió los ojos en todo el día.

La sirvienta salió de la alcoba. Salvador miró a Valeria otra vez, como si temiera que, al girar y cerrar la puerta, ella abriera los ojos. Pero no lo hizo. De modo que se marchó cerrando la puerta tras él. Bajó las escaleras y caminó hasta la cocina. Eran las seis de la tarde. Por la puerta de la cocina, mientras se sentó a la mesa y pidió a Aurora un adelanto de la cena, Cerinza contempló el resplandor del crepúsculo allá lejos. El horizonte se tiñó de naranja, luego alcanzó un leve tono pardo, hasta oscurecer totalmente.

—¿Dónde está Cantalicia? —le preguntó a Aurora.

—No ha salido de su recámara en todo el día. Bueno, bajó al mediodía a tomar un café con leche y luego se encerró otra vez.

Salvador continuó cenando, despacio, más por costumbre que por apetito, hasta que se bebió un gran vaso con leche. Justo cuando secaba sus labios con la servilleta de tela, oyó sonar el timbre de la puerta. Aurora salió de la cocina y se encaminó a la puerta de entrada. Sentado aún en la cocina, Cerinza escuchó los pasos de Aurora, la campanilla otra vez, y luego el rumor de voces.

—Lo buscan, patrón —le dijo Aurora al regresar—. Un joven llamado Simón, acompañado de una mujer un poco rara.

Gaetana no pudo esconder la alegría de ver a Cerinza, quien no entendía la emoción de aquella extraña mujer. Al verla, le vino a su mente un recuerdo casi olvidado de su infancia, la imagen de una pitonisa leyéndole la mano a su padre.

—Tú no me recuerdas, Salvador Cerinza, pero yo te llevo aquí dentro por toda la vida, por toda la eternidad —dijo Gaetana, dibujando círculos con un dedo hasta llevarlo a su corazón—. Vengo a pedirte que ayudes a este joven.

Simón dio unos pasos y estiró su mano en señal de reconciliación. Salvador la estrechó entre las suyas.

—Le pido disculpas, sinceramente —dijo Simón—. No sabía que mi esposa estaba poseída por un espíritu.

—¿Poseída por un espíritu? —dijo Cerinza—. Otra vez con las fábulas de fantasmas y aparecidos. Todos dicen que yo resucité, que rompí la caja de muerto y salí corriendo como un loco.

—No sólo eso, mi querido Salvador —dijo Gaetana sonriente—. El alma de un viejo amigo habitó tu cuerpo durante un tiempo.

—El alma de Pedro José Donoso—, dijo Simón—. El antiguo patrón de las Empresas Donoso.

Salvador caminó por la sala, pensativo. Afuera, la noche cubría con su manto negro el jardín y los alrededores. Aurora llegó con un servicio de café.

—Me parece algo insólito —dijo Cerinza.

—Algún día, tú y yo vamos a sentarnos con calma —dijo Gaetana—. Y te voy a contar toda la historia.

—¿Y qué piensas hacer con tu esposa? —dijo Salvador a Simón—. Lleva dos días sin despertar.

—Eso mismo te pasó a ti varias veces —dijo Gaetana—. Dormías como un santo por horas y horas y al despertar, lo mismo eras Don Donoso que Salvador Cerinza.

—¿Y entonces, cuando Valeria despierte, quién será?

—Es imposible de adivinar —contestó Gaetana y sorbió el café humeante de la taza. Después añadió—: De todas maneras, debemos estar preparados, podría despertar como Rebeca.

Al poco rato, después de beber el café nocturno, Salvador escoltó a Simón y Gaetana hasta el cuarto donde yacía Valeria. La habitación estaba en completo silencio. Simón se aproximó a la cama. La tenue luz de la veladora le iluminaba el rostro dormido.

Inclinándose sobre ella, Simón le acarició la frente, la besó en silencio y después le tomó la mano.

—Valeria —dijo en un susurro—, en algún lugar de tu sueño, sé que me escuchas, mi amor. Quiero decirte que te extraño, que estoy desesperado porque despiertes y seas Valeria otra vez.

Luego Simón besó su mano otra vez. Apartados, Salvador y Gaetana lo miraban con ojos de piedad.

—Quiero que regreses, Valeria —continuó Simón con la mirada nublada de lágrimas—. Te suplico que al despertar, seas mi esposa, la dueña absoluta de este cuerpo tan bello.

Simón permaneció por un momento así, sosteniendo el brazo de ella, hasta que lo devolvió al pecho, entre los senos, y se levantó de la cama. Salvador, Gaetana y Simón salieron de la alcoba y regresaron a la sala. De manera que ninguno de los tres se dio cuenta. No pudieron darse cuenta, ni ser testigos, porque ya estaban caminando por el corredor. Pero en el justo instante en que la puerta cerró despacio, los ojos inquietos de Valeria se abrieron de un golpe y brillaron curiosos en la penumbra del cuarto. Valeria se quedó acostada, inmóvil por unos minutos, intentando adivinar en dónde se encontraba, estudiando los detalles de la alcoba, mientras las voces se alejaban hasta desaparecer. Luego se sentó en la cama, agudizando el oído y respirando profundamente el aire perfumado del cuarto, el intenso olor a violetas. «Nadie viene, nadie está cerca» pensó. Entonces, como para asegurarse de que aún disponía de un cuerpo joven, del cuerpo de su sobrina, se paró frente al espejo y sonrió con malicia.

Un poco después, se vistió y salió al corredor de la sala. A medida que avanzaba, sigilosa, escuchó las voces apagadas que le llegaban desde la sala. Cantalicia apareció de pronto en el corredor, llevando unas sábanas sobre las manos. Valeria se ocultó. Cuando la esposa de Cerinza pasó de largo, se acercó poco a poco a la sala, siguiendo el sonido de las voces. Bajó silenciosa las escaleras, con los pies descalzos. Se detuvo justo antes de entrar a la sala, en un rincón osouro, donde logró espiar los detalles de la conversación. Escuchó cuando Cerinza presentó a Cantalicia. La voz entrecortada de la mujer, una mezcla de apatía y nerviosismo. «No puedo entender cómo Salvador puede compartir su vida con una mujer tan ordinaria, tan tonta, tan…», pensaba Valeria allí, oculta en la sombra de las largas y extensas cortinas del ventanal. Asomó el rostro y vio la figura de Simón.

—Yo estoy decidido a recuperarla —dijo Simón—. Así tenga que pagar el precio más alto.

—Para mí, que deben entregarla a un médico —dijo Salvador—. Leí en algún libro que hay especialistas en la materia que le pueden hacer un análisis, no sé, un estudio serio del fenómeno…

—Lo que vayas a decidir, decídelo ya —dijo Gaetana —Porque en cuanto esa alma despierte, y la analice, regreso a mi casa.

—¿Y si demora días en despertarse? —preguntó Salvador.

—En ese caso, me avisan y vuelvo otro día. Si no regreso pronto a mi casa —se lamentó Gaetana—, encontraré todas mis pertenencias en medio de la calle. Evaristo Canales está rabioso con mi venida hasta aquí. El pobre hombre piensa que volveré a unirme en negocios contigo, Salvador.

—¿En negocios conmigo? —preguntó ingenuamente Salvador—. Que yo sepa, hoy es la primera vez que la veo en mi vida, señora.

—Sí, Salvador —dijo Gaetana sonriendo—. Aunque tú no lo creas, hubo un tiempo en que tú y yo fuimos excelentes amigos. Pero mejor otro día te cuento esa historia.

Por su parte Cantalicia, que no opinaba debido a su enojo, le soltó una advertencia a su esposo.

—Si no se van todos de mi casa cuando despierte esa loca, seré yo la que salga por esa puerta, y no regresaré.

Salvador miró contrariado a su esposa. Fue a decirle una frase, pero las palabras se estancaron en su boca, porque otra voz resonó antes que la suya.

—Siento mucho haberle creado dificultades, señora —dijo Valeria, entrando a la sala—. Y le agradezco mucho su ayuda.

11.
VALERIA SE ENFRENTA A SU DESTINO

Valeria entró a la sala con el rostro serio, caminando descalza, con las manos cruzadas bajo la calidez de sus senos, que se dibujaban tras la tela blanca del camisón de dormir. Todos los presentes hicieron un silencio de velorio. La contemplaban con una mezcla de fascinación, expectativa y sorpresa, esperando la mínima reacción, un gesto delator, una frase, cualquier indicio que los llevara a descubrir si era la verdadera Valeria, o el espíritu de Rebeca, la que se hallaba ante ellos.

—Lo siento mucho —dijo Valeria.

Nadie respondió. Nadie se atrevió a tomar la iniciativa. Y es que, desde mucho antes de entrar a la sala, estando aún postrada en su cama de enferma, y mientras Simón le hablaba con ternura al oído, ella había cambiado drásticamente sus planes. La única posibilidad de alcanzar sus propósitos, pensó entonces, era reducirse al engaño, a confundir a todos los habitantes de aquella casa. Debía sembrarles en su cabeza una idea: el alma de Rebeca había desaparecido del cuerpo de Valeria. Para conseguirlo, ella recordó de forma minuciosa el comportamiento de su sobrina, la mirada genuina, a veces triste, la expresión soñadora de sus ojos, la tierna sonrisa que hechizó el alma de Simón y el corazón del difunto Pedro José.

De modo que, como una excelente actriz interpretando su papel predilecto, logró disimular su condición de mujer poseída.

—¿Estás mejor, Valeria? —le preguntó Simón, escrutando su cara en busca de algún signo revelador.

—Sí, ya estoy recuperada. Aunque me siento un poco mareada todavía.

Simón la abrazó nervioso. Después la observó alegremente, un poco emocionado. El joven pensó que al fin había recuperado a su esposa.

—¿Por qué me dejaste abandonada en medio del campo? —preguntó ingenuamente.

—Es muy complicado de explicar, Valeria —dijo Simón—. Me parece mejor que hablemos en la casa.

—Si no fuera por Salvador, aún estuviese allí, inconsciente.

Simón no supo qué responder. Cantalicia le lanzó a su esposo una mirada afilada, mientras Valeria continuaba su arriesgada estrategia:

—No deseo regresar ahora, tan pronto… Necesito tiempo para pensar en nosotros, no creo que esté lista para volver a la casa junto a ti. Me siento muy rara, Simón. Estoy confundida, con la mente llena de recuerdos extraños… recuerdos de Salvador.

—¿De qué hablas? ¿Has perdido la cabeza? —dijo Simón consternado—. No estarás hablando en serio, ¿verdad?

—No digas mas nada, por favor, Simón —le pidió Valeria. Luego añadió —: No podemos continuar con esta relación... porque te he traicionado.

Todos los presentes se quedaron estupefactos.

—Perdona lo que te he hecho—, continuó Valeria—. Lo siento, pero me dejé arrastrar por la pasión y me entregué a Salvador.

Salvador la interrumpió de pronto y juró a todos los presentes que Valeria mentía miserablemente. Pero Cantalicia no estaba para explicaciones, mucho menos con las sospechas que ya anidaban en ella. Y, acercándose furiosa a Salvador, le soltó una sonora bofetada en su rostro.

—¡Eres un sinvergüenza, Salvador Cerinza! —le gritó—. Eres un descarado, falta de respeto, nunca debí haberte dejado a solas con esta serpiente—Y dio media vuelta y se marchó echando humos a su recámara.

Pero a Simón aún no le convencían las palabras de Valeria. El joven se aferró a la idea del engaño de Rebeca, pero mientras más intentaba descubrir un desliz en las palabras de la mujer, más aumentaba el dramatismo de ésta. Asombrado por las palabras de Valeria, con el corazón destrozado de impotencia e incertidumbre, se quitó el anillo de matrimonio y se lo lanzó a Valeria.

—¡No le creas! —le advirtió Gaetana—. ¿No te das cuenta que te está utilizando?

—Si Rebeca me está utilizando, ¡que se vaya al infierno! —gritó, antes de marcharse—. Y si eres la verdadera Valeria —agregó, con los ojos ya húmedos del dolor— te deseo la mejor de las suertes...

Salvador dio dos pasos para detenerlo, pero Simón esquivó su mano y salió por la puerta de la casa.

—¡Espera muchacho, que no tengo con quién regresar! —le gritó Gaetana, mientras seguía sus pasos apurada.

Al verse a solas con ella, Salvador tomó a Valeria por los brazos y la sacudió con fuerza.

—¡¿Qué quiere de mí?! —le preguntó furioso—. ¿Por qué se empeña en hacerme daño?

Valeria lo miró fijamente a los ojos, y, en una mezcla de súplica y confesión, le respondió en tono seductor:

—Por la razón mas sencilla del mundo... Mi vida sin ti no tiene significado.

Salvador la soltó despacio, preguntándose cómo una mujer puede sentir tanta atracción hacia un hombre que apenas conoce, un hombre que la rechaza. Entonces le explicó, de la forma más calmada posible, que él era un hombre casado, que ella era un mujer joven y hermosa, con un marido joven, de buenos sentimientos. Pero Valeria lo abrazó, aferrándose a un último intento por detenerlo.

—Dame una oportunidad, déjame demostrarte que estamos hechos el uno para el otro —le expresó con cuidado dramatismo.

Salvador sintió lástima por ella. Él mismo conocía los desesperos del amor, pues los vivió en carne propia con la partida de Julieta. Y como si el recuerdo de Julieta le diera fuerzas para soportar el empuje de Valeria, Salvador se soltó de su abrazo y le dijo:

—No pierda el tiempo conmigo. Yo soy un hombre casado. Aquí tiene las llaves de su coche.

Le entregó las llaves y antes de dar media vuelta, agregó:

—Ahora, con su permiso, tengo que ir adonde está mi mujer. Los sucesos de esta noche la han trastornado demasiado.

Salvador subió las escaleras bajo la mirada mojada de Valeria, quien permanecía allí, envuelta en una nube de dudas. ¿Qué hacer? ¿Qué pasos tomar? ¿Si Salvador no estuviese casado se quedaría a su lado?

Mientras veía la figura de Cerinza desvanecerse en lo alto de la escalera, Valeria se dio cuenta que no iba lograr más nada aquella noche. Salvador estaba enojado, muy enojado. Un mal momento para intentar atrapar su confianza, su cariño. Mientras el animal esté arisco y furioso, es imposible domarlo, pensó Valeria. En otro momento será. Al menos, había logrado quitar el obstáculo de Simón, a ese pegajoso que ya le parecía un chicle untado en la suela de sus zapatos, pensaba ella en tanto caminaba hasta la salida de la casa y salía a la noche estrellada. Vio a lo lejos el coche de Simón, alejándose por el sendero de los álamos oscuros. Se rió satisfecha.

—¿Piensa irse así descalza? —dijo una voz.

Valeria se volvió. Era Cantalicia. Llevaba sus zapatos en una mano y la cartera en otra, con el rostro encendido por el coraje.

—Muchas, gracias —dijo Valeria—. Gracias por todo, infeliz.

Cantalicia levantó su mano derecha y le lanzó la cartera, luego la izquierda y disparó los zapatos. Valeria se cubrió con el escudo de sus brazos. Cuando los proyectiles cayeron al suelo, se inclinó sonriendo.

—¡Adiós, ternera! —y bajó riéndose los escalones del portal. A su espalda, escuchó el golpe de la puerta al cerrarse.

Valeria se ajustó los zapatos y se encaminó hacia la entrada de La Alameda, pensando, cavilando sus pasos siguientes. A sus costados, los altos álamos dibujaban sombras inquietas sobre el sendero. En su mente confusa y maligna, empezó a dibujarse una idea arriesgada. Llegó a su cerebro sin proponérselo. Más bien recordó una película, traída a su recuerdo, de pronto, por el sonido del aire deslizándose entre los álamos. Comenzó como una idea vaga, confusa, pero luego derivó en un plan. Un proyecto que, según sus cálculos, la iba a colocar en una posición única y ventajosa con respecto a Salvador.

—¡Tiene que ocurrir una desgracia! —dijo para sí—. Por supuesto, ¡eso es!

Tenía que pasar un hecho devastador que pusiera en peligro la vida de Cerinza. Algo tan fuerte y terrible que cambiase su vida de manera drástica, y del cual Valeria saliera triunfante como su salvadora, como la heroína que rescata a su amado de las garras de la muerte. Y como heroína, deberá recibir el premio más grande por su valentía: la gratitud eterna de Cerinza. El amor como pago a su sacrificio.

12.

VALERIA PREPARA Y EJECUTA SU PLAN

Era un plan simple y sencillo, sin complicaciones y fácil de ejecutar. Estaba diseñado de tal manera que no dejaba lugar para errores. Después de darle vueltas y vueltas a su mente confusa durante el regreso a la ciudad, Valeria se dio cuenta de repente que la única persona capaz de ayudarla era el marido de Gaetana. Durante su estancia en la Casa Donoso, supo y conoció por comentarios de la familia y los empleados, la vida delictiva de Evaristo Canales antes de convertirse en esposo de Gaetana. El hombre era un jefe pandillero, un tipo duro del bajo mundo, chantajista, dispuesto a cometer cualquier fechoría. Un hombre que terminó, sin embargo, amansado por los embrujos de la espiritista, y decidió colgar los guantes de la mala vida y vivir su cercana vejez en paz y tranquilidad. Pero esa paz, conseguida con mucho sacrificio y fuerza de voluntad, podría desplomarse de un soplo si

Gaetana lo abandonase. Y el gran miedo de Evaristo consistía en que Gaetana se uniera a Salvador Cerinza en los negocios y no necesitara más de su protección y compañía. La última discusión con su esposa aumentó esta incertidumbre, más todavía cuando Gaetana hizo caso sordo a sus amenazas y partió hacia la hacienda de Salvador.

Ese era y seguía siendo el gran temor de Evaristo aquella tarde, cuando Valeria entró en casa de Gaetana a visitarla una vez más. Entró en silencio, sigilosa como siempre, sin ser vista por nadie, llevando unas gafas oscuras y un sombrero negro. Ese día, inclusive, había comprado una combinación de blusa y falda totalmente distinta a la que habituaba usar. Era una combinación estrafalaria, de colores vivos, chillones, acompañada de unos inmensos aretes plateados. Parecía una artista de carnaval perdida en la ciudad.

Sentada en el sofá de la sala, Gaetana Cherry leía un libro zodiacal. Sus grandes ojos recorrían un pasaje de la página, mientras leía en tono bajo: «*La muerte ha sido desgastada de su unidad original con el destino y ha sido transformada en una entidad más que un fenómeno metafísico*».

—¿Todavía se interesa por esas fantasías? —le preguntó irónica Valeria—. Pensé que ya no estafaba más a los ingenuos...

Gaetana paró la lectura, cerró el libro. Con sonrisa burlona le preguntó:

—¿Y tú de qué estás disfrazada, mujer? ¿Conseguiste trabajo en un circo?

—No, me vestí para la ocasión —respondió Valeria—. A veces una debe estar de acuerdo al medio en que se encuentra.

—Pues no te queda nada mal... deberías usarlo más a menudo

—dijo Gaetana. La sonrisa despareció de su rostro. Le preguntó en tono serio—: ¿Cuál es el motivo de tu visita?

—Decidí visitarla porque la vez anterior no escuchó bien mis advertencias... No quiero que se inmiscuya en mis asuntos.

—Los asuntos de Salvador Cerinza son también los míos —explicó en tono firme Gaetana.

Valeria la miró fijamente a los ojos, como calculando el tamaño de su firmeza. Se recostó a la pared, sonriendo. A su lado, una mesa de cristal con patas de hierro sostenía un búcaro de gardenias.

—¿Y si le dijera que, con esa decisión, usted sólo está atentando contra su salud?—. Gaetana abrió sus ojos inmensos. Una ola de furia invadió de pronto su cuerpo.

—¡¿Pero quién demonios se piensa usted que es?! —preguntó indignada—. Fuera de mi casa... ¡Lárguese de mi casa, o llamo a las autoridades!

Valeria ni siquiera se inmutó. Volvió otra vez a sonreír, sarcástica, mientras se apartaba de la pared y ajustaba su cartera en el hombro.

—Entonces, si así lo quiere, ¡bienvenida sea! —contestó Valeria.

Y, tomando el jarrón de gardenias sobre la mesa, se lo estrelló de repente a Gaetana en la cabeza. La espiritista soltó un grito de dolor, permaneció inmóvil por un par de segundos, mirando a Valeria con una expresión terrible de espanto. Entonces intentó dar unos pasos, pero perdió el equilibrio y cayó sobre la mesa, resbalando con el mantel hasta el suelo de baldosas. Valeria esperó un momento, inmóvil, con las manos en el aire, el rostro tenso, como asustada de su propia ferocidad. Preocupada de haberle causado la muerte, se inclinó despacio sobre la mujer y comprobó que aún seguía respirando, a pesar del hilo de sangre que empezaba a emanar de su pelo multicolor.

Así la encontró su amiga Matilda dos horas después. Asustada y nerviosa, llamó una ambulancia, la acompañó hasta el hospital y desde allí le avisó a su esposo Evaristo. El hombre llegó al poco rato. No podía creer lo sucedido ¿Quién sería el culpable? Matilda no sospechaba de nadie, de manera que solo conocerían la identidad del atacante cuando Gaetana cobrara otra vez la conciencia. Evaristo agarró al doctor por un brazo y se lo llevó aparte.

—Dígame la verdad ¿Se va recuperar mi esposa?

El doctor se ajustó las gafas y le lanzó una mirada de misericordia.

—Sí, se va a recuperar —dijo el galeno—. Fue un milagro que la hemorragia se detuviese, porque el trauma causado por el golpe parecía mucho más peligroso que la pérdida de sangre.

—Deje las vueltas y hábleme claro.

—Pues nada, que se va a salvar, aunque la contusión pudo haber afectado el cerebro. Lo mismo puede despertar en minutos, meses, o nunca.

Evaristo sintió un golpe de rencor en su pecho. ¿Por qué razón alguien atacaría a Gaetana? Sólo dos días habían pasado desde que ella regresó de aquel viaje a la hacienda de Cerinza. Evaristo sospechó un vínculo entre el viaje y el ataque, pero no se dejó conducir por la furia de sus emociones. «Bastante gente inocente castigué en mi vida», pensó mientras caminaba por los pasillos del hospital. Decidió entonces esperar unos días, con la esperanza de que Gaetana al menos contara la verdad. Evaristo no tenía dudas de su ferocidad.

El culpable iba a pagar bien caro. No existía otro castigo que la muerte, lenta y dolorosa, para el autor de aquel violento atentado.

Esa misma noche, sin embargo, Valeria visitó el club nocturno de Evaristo Canales. El lugar estaba muy concurrido. Había parejas bailando en la pista, entre las mesas, al compás guarachero de un conjunto musical. Valeria atravesó el gentío y se dirigió directo hasta el fondo del club, donde un hombre alto y musculoso custodiaba una puerta.

—Necesito ver a Evaristo Canales —dijo Valeria.

—El jefe no se encuentra en el club —dijo el tipo con rostro serio.

—No me hagas perder el tiempo, hermosura. Anda y dile a tu jefecito que vengo por el asunto de su esposa.

—¿Usted es sorda o idiota? Arriba, arriba… escúrrase —dijo y la agarró con sus manos inmensas.

El hombre dio unos pasos, halándola por el brazo. Valeria entonces se echó hacia atrás, y tomando impulso, le estampó una patada entre los muslos. El tipo soltó en gemido de dolor, doblando el cuerpo. Valeria logró soltarse. Abrió la puerta, deslizándose por un pasillo oscuro con olor a tabaco, hasta llegar a otra puerta cerrada. Un cartel advertía: PRIVADO.

Evaristo, que estaba jugando una partida de naipes, pensó que se trataba de una de las tantas aspirantes a cantante que lo visitaban en busca de empleo. Valeria entró al cuarto sin ser anunciada, con el rostro erguido y la mirada penetrante. Los hombres detuvieron el juego, la miraron con extrañeza, entre la neblina del humo, y luego sonrieron entre frases crudas y atrevidas.

—Vengo en busca de Evaristo Canales —dijo Valeria, en tono firme.

—Yo soy Evaristo Canales… ¿Qué se le ofrece?

—Mi nombre es Valeria —le dice la joven—. Y vengo a proponerle un negocio para salvar la vida de su esposa.

Evaristo la contempló por espacio de unos segundos. La puerta se abrió de golpe y entró el custodio que Valeria había golpeado.

—¿Dónde se metió esa rata? —y le fue encima a Valeria.

—¡Quieto! —tronó Evaristo

El hombre se quedó inmóvil.

—¡Fuera de aquí! —dijo Evaristo—. Arriba, ¿qué esperan? ¡Fuera todos de aquí!

Los hombres de Evaristo salieron en silencio del lugar.

—Y usted —le dijo a Valeria—. más le vale decir la verdad.

Valeria le respondió con una sonrisa. Los dos se sentaron. Ella comenzó a hablar suave, en un tono calmado, pero tenebroso a la vez, haciendo hincapié en las partes más oscuras de su fábula. Así le inyectó veneno al ya furioso Evaristo. Le explicó que Salvador planeaba vender la hacienda y, junto a Gaetana y Simón, invertir todo ese dinero en propiedades y negocios en la ciudad. El viaje de su esposa a la hacienda de los Cerinza tenía ese único propósito. Sin embargo, Gaetana se había negado a la propuesta. La mujer no quería abandonar la vida tranquila que llevaba junto a su esposo, mucho menos causar una separación. Salvador y Gaetana discutieron, y éste la amenazó con tomar represalias si no accedía a sus pedidos. Como Gaetana se había marchado sin dejarse intimidar, Salvador envió a uno de sus compinches para cumplir con la amenaza prometida. El cuento de la posesión de un espíritu maligno en el cuerpo de Valeria, fue la justificación que encontraron adecuada para conducir a Gaetana hasta la hacienda.

—Su mujer se portó muy valiente —concluyó Valeria—. Pero me temo que si no cumple con los pedidos de Salvador, terminará muy mal.

—¿Y usted qué pinta en todo este asunto? —preguntó Evaristo.

Valeria le contó entonces otra fábula sobre un supuesto amor imposible entre ella y Salvador Cerinza, desde los tiempos en que este vivía en la Casa Donoso (no muy lejos de la verdad, pero omitió lo del espíritu de Pedro José, quien era en realidad el que sintió amor por la verdadera Valeria). Le contó con extensos detalles todo el sufrimiento que tuvo que padecer bajo la tiranía de su prima Isabel y su tía Rebeca, que la obligaron a olvidarse de Salvador y terminar casada con el tonto de Simón. Y ahora, cuando ella había decidido arriesgar todo su bienestar por recuperar ese amor perdido, Salvador la rechazaba cruelmente.

Para Evaristo, ajeno por completo a los antiguos vaivenes de la Casa Donoso, la historia entre lágrimas logró convencerlo, más todavía cuando preguntó, esperando algo más grave:

—Entonces, ¿tengo que matar al perro para eliminar la rabia? —preguntó Evaristo.

—No tiene que ensuciarse las manos —respondió Valeria—. Me conformo con secuestrarlo y meterlo en un lugar seguro, apartado… en dónde yo pueda controlarlo. Después, yo misma me encargaré de él.

Por aquellos días, Salvador y Cantalicia se habían reconciliado. Pero desde la noche de la discusión por causa de Valeria, la esposa de Cerinza creyó de corazón en la traición de su esposo. Ella sospechó siempre que entre Salvador y Julieta existía algo más hondo que la simple amistad de la superficie, pero estaba tan sumida en su nueva vida de patrona, en la reconstrucción de la casa y el disfrute de sus nuevos lujos, que cuando se vino a dar cuenta, ya era demasiado tarde para tomar medidas. El esposo ignorado estaba hechizado por el embrujo de otra mujer. En los últimos días de Julieta en La Alameda, ella vigiló sin tregua los movimientos de la pareja, intentando atraparlos con las manos en donde no debían. Nunca los encontró en posición comprometedora. Lo que ella desconocía, y que nunca se dio cuenta, era que tanto Julieta como su marido jamás se expresaron palabras de amor. Aquella pasión febril que sentían no necesitó palabras ni frases encendidas, porque de solo mirarse el uno al otro comprendían el deseo ajeno. Hasta la tarde primorosa de la cascada, cuando ya sus cuerpos se negaban a soportar las precauciones de la cabeza.

Y fue aquel día, precisamente, el único de las últimas semanas de Julieta en La Alameda, donde Julieta y Salvador estuvieron fuera del alcance de Cantalicia. Tampoco el tiempo permitió atizar las sospechas. Inmediatamente después del idilio bajo las aguas, Julieta se había marchado para Europa.

Con Valeria, en cambio, la situación era totalmente distinta. Cantalicia mantuvo por mucho tiempo un rencor silencioso contra todos los habitantes de la casa Donoso. No le importó el gesto de traerlo de regreso. Porque nunca les perdonó su desdicha, las constantes humillaciones. Para ella, en su mente cerrada, las verdaderas culpables de aquel infortunio fueron siempre las mujeres de aquella casa, que embobaron con sus encantos al pobre de su marido y lo alejaron de su familia. Y para colmo, cuando pensó haber dejado atrás el triste pasado, llegaba la sinvergüenza de Valeria a restregarle en su propia cara sus amoríos con Salvador. Si antes lloró y sufrió con amargura, ahora no estaba dispuesta a derramar una sola gota de sus lágrimas. Los tiempos cambiaron, y con ellos cambió ella. Antes era Cantalicia la pobre campesina, la ingenua que todos manejaban como un títere, y ahora era Cantalicia Cerinza, la patrona de La Alameda.

A partir de aquella noche, sin contar con su marido, Cantalicia inventó un nuevo modelo de relación matrimonial entre ellos. No compartió más la misma cama con su esposo. Mudó poco a poco sus pertenencias a otro cuarto deshabitado y allí estableció su mundo de señora. Desayunaba y cenaba sin dirigirle la palabra a Salvador, se ocupaba de las tareas domésticas con la misma diligencia de siempre, pero evitando cualquier contacto o tropiezo fortuito con él. Cuando tenía que comunicarle algo, o pedirle un recado, usaba a Aurora de mensajera, o sencillamente escribía una nota en la puerta de la nevera, donde cada tarde, al regresar del campo, su esposo bebía un vaso de leche fría.

Al principio, Salvador no le hizo demasiado caso. Intentó una sincera explicación la misma noche del oprobio, le dijo en tono sereno que todo el cuento de Valeria era puro invento, que creyera en su palabra. Mientras más le suplicaba, mientras más procuraba cambiar la opinión y los ánimos de su esposa, más firme y testaruda ella se volvía. De modo que optó por ignorarla, la dejó en su propio mundo de mujer divorciada en la misma casa de su marido, y se concentró en tareas de mayor importancia. Lo único preocupante para Salvador, era el inminente regreso de su hijo Moncho. No quería que los encontrara, al llegar de vacaciones, sumidos en medio de aquella guerra fría e insólita.

Fue así como, faltando dos días para el receso escolar, el hombre entró sin permiso en el cuarto de Cantalicia y le pidió dos minutos de su distinguido tiempo.

—Si quieres decirme algo —le dijo Cantalicia sin mirarlo—, díselo a Aurora o apúntalo en un papel.

—Déjate de tonterías, Cantalicia ¿Hasta cuándo piensas seguir con esta farsa?

—Hasta que se me pase el coraje.

Salvador se acercó a ella, mirando con curiosidad la decoración del cuarto, las cortinas, la cómoda, el mueble con su televisor. Era la primera vez que Cerinza entraba en la recámara desde que su esposa decidió exiliarse del cuarto matrimonial. Cantalicia leía una revista de recetas de cocina, sentada al borde de la cama. Estaba vestida para salir al pueblo, esperando que Aurora terminara el almuerzo. Salvador la observó por un momento, pues hacía muchos días que no se detenía a contemplarla. Vestía de vaqueros y blusa blanca de encajes. Tenía el cabello estirado, con una trenza en la nuca, el rostro serio maquillado, las cejas pintadas, y se dio cuenta entonces de cuánto había cambiado, lo distante que se encontraba de aquella campesina ruda y descuidada. La contempló tranquilo, sereno, sin saber entonces, que aquella imagen sería la más evocada durante los días posteriores a su muerte.

—¿Y cuando se te va pasar el coraje? —preguntó Salvador.

—No lo sé todavía —respondió ella sin mirarlo—. A lo mejor me dura toda la vida.

—¿Y no puedes tomar un descanso por los días en que viene Moncho?

Cantalicia lo miró, cerrando la revista. Se mantuvo así en silencio, mirando fijamente a Salvador. Luego se puso de pie, y se dirigió a la ventana, con los brazos cruzados. Afuera, el sol de la tarde bajaba incandescente sobre la extensión de los sembrados. Cantalicia se volvió a él.

—¿Y cómo quieres que haga, que regrese a dormir a tu cuarto? —preguntó ella—. Porque si me vienes a pedir eso, no te voy a complacer.

—No quiero que Moncho nos vea peleados. Bastante tuvo cuando me fui de la casa la vez primera… el pobre muchacho pensará que somos dos locos.

—Lo pensará de ti, Salvador —dijo ella molesta—. Yo tengo mi cabecita muy bien clarificada.

—Entonces hazme caso aunque sea esta vez. En los días que Moncho esté aquí, disimula tu enojo conmigo, para que el muchacho pase unas vacaciones tranquilas y regrese sin preocupaciones a la escuela.

Cantalicia lo pensó, mientras contemplaba el paisaje por la ventana. Salvador tenía toda la razón, pero la sola idea de dar su brazo a torcer aumentaba su coraje. Pensó en Moncho, allá sentado en un aula remota, esperando ansiosamente los días de vacaciones en La Alameda, y su coraje su fue derritiendo.

—Está bien… como tú digas —dijo al fin—. Pero con una sola condición, nada de manoseos en la cama, ni jueguitos para convencerme, porque si por alguna casualidad siento una mano tuya bajo mis sábanas, ahí mismo recojo mis cosas y regreso a este cuarto.

Salvador se rió de sus palabras, sin burlarse, tratando de no tomar en broma el asunto.

—Está bien, mujer… como quieras —dijo sonriendo. Caminó hasta la puerta, y antes de salir añadió—. Nunca me imaginé que te mordiera tan duro la rabia.

—Según el perro, así será el tamaño de la rabia —dijo irónica—. Y que te quede claro, Salvador Cerinza… Esto lo estoy haciendo por Moncho.

Salvador no contestó. Cerró la puerta y se marchó de vuelta a sus labores. Cantalicia regresó a la cama, tomó de vuelta la revista, pero no pudo concentrarse en la lectura. Decidió entonces salir del cuarto, con los ojos húmedos de dolor, bajar a la cocina y darle una mano a Aurora en la terminación del almuerzo, pensando en su hijo Moncho, en las ganas de verlo y abrazarlo, de escuchar su voz graciosa mientras le contaba las anécdotas del colegio. Sí, Salvador tenía toda la razón. Moncho no debía verlos enojados, el muchacho salió muy inteligente, que Diosito lo bendiga, y de todo se daba cuenta, más todavía si notaba a Cantalicia en algún repentino cambio de carácter. Los errores, los equívocos, la falta de comprensión entre los adultos, entre los padres, no debían por ninguna causa atribular la mente del chico, para que estudiara en paz, pensaba Cantalicia. Para que pueda concentrarse en sus estudios, y no tenga que trabajar como una bestia bajo el sol infernal del mediodía, aunque su padre fuera ya un próspero hacendado, porque una no sabe las vueltas que da este mundo medio loco. Donde lo mismo su marido resucitó un día hablando cosas de sabio, como en otro se encontró ella manejando más plata de la que jamás soñó.

—¡Cuidado, patrona, que se vuelca la olla hirviendo! —gritó Aurora, porque en ese momento, con su mente fuera de la cocina, Cantalicia había colocado la olla del cocido en una esquina de la meseta, a punto de caerle encima.

—Virgencita, ¿dónde tengo mi cabeza? —dijo Cantalicia y adentró la olla al centro de la meseta.

Cantalicia pensó en su hijo Moncho por el resto del día. Todos sus movimientos, todas sus tareas en la casa, iban impregnadas del recuerdo de su único hijo. La soledad de la sala, el jardín rejuvenecido, los corredores iluminados por el sol, el cuarto abarrotado de juegos de video, el estéreo de Moncho, donde él escuchaba las cumbias, rancheras y vallenatos que Salvador compraba en la tienda de

Lupe el musicólogo. Ella no entendía la razón. Creyó encontrarla en la charla con su esposo, al mediodía, pero entonces se sembró en su mente un sentimiento desconocido, un mal presentimiento, como un insólito presagio de algo muy malo a punto de ocurrir.

No tuvo que esperar demasiado para descubrirlo. Porque en esos días, ya los hombres de Evaristo Canales ejecutaban el plan trazado por Valeria.

Montados en una inmensa camioneta, cinco malhechores vigilaban la carretera abandonada que conducía a la hacienda, mientras Cantalicia recorría el mercado del pueblo, tratando todavía de descifrar el sentido de sus presagios. Habían velado los pasos de Salvador durante tres días, apostados en las afueras de la hacienda. Lo persiguieron como sabuesos hasta el pueblo una mañana, pero desistieron en el último momento porque regresó acompañado de tres campesinos en su camioneta. Ahora estaban allí de guardia, esperando su regreso. El sol se escondía a esa hora tras las montañas, abriendo paso a un dorado atardecer que muy pronto culminó en oscuridad. Mientras esperaban por la camioneta de Cerinza, los cinco delincuentes fumaban, hacían bromas, bebiendo buches de una botella de aguardiente. Todo lo contrario a las órdenes explícitas de Evaristo. Conociendo la naturaleza parrandera de sus hombres, el marido de Gaetana les había prohibido nada de bebida ni cigarros de hierba alegre a la hora de la acción, pero ellos, como de costumbre, se limpiaron el trasero con el pedido de su jefe.

Al poco rato, vieron aparecer las luces de un coche a lo lejos. Los hombres se prepararon, dejaron a un lado la botella y lanzaron lejos el cabo de cigarro. Las luces fueron creciendo poco a poco, a medida que al auto se acercaba cortando la densa oscuridad de la carretera. La inmensa camioneta de gomas altas prendió los motores con un rugido animal, y los cinco hombres se aferraron a sus asientos, sin perder de vista la presa. Cuando el coche de Salvador diminuyó la velocidad en la curva, el camión se abalanzó sobre la máquina como un toro salvaje.

El impacto fue tan duro, con tanta ferocidad y precisión, que Salvador perdió el control del volante y su camioneta dio dos vueltas en redondo, antes de terminar incrustada contra la corteza de un árbol.

—Se te fue la mano, chiquito —dijo uno de los malhechores—. ¡Yo creo que le partimos la vida al peludo!

Los hombres de Evaristo se asustaron de las dimensiones de su propia maldad. Nunca se imaginaron que su plan terminaría en consecuencias tan graves. Los efectos del alcohol y la fumada, habían subido a millón la valentía de su adrenalina. El golpe era solo para detener el coche de Salvador, inmovilizarlo, y luego, en la confusión del choque, atarlo sin resistencia. Pero el coche nunca se detuvo, Salvador voló hasta el cristal delantero y peor aún, la máquina quedó en tal estado que ya no sabían si era posible sacarlo de la chatarra.

Los hombres se bajaron del camión, se aproximaron al desastre.

—¡Aquí adentro hay una mujer muerta! —gritó de pronto uno de los hombres. Al acercarse, todos vieron el cuerpo sin vida de

Cantalicia, con los ojos abiertos todavía del susto. Una gruesa mancha roja le cubría la mitad de su rostro. Sin pensarlo dos veces, los hombres de Evaristo Canales salieron corriendo, se montaron en la inmensa camioneta, y desparecieron de la escena, envueltos en un chillido de neumáticos quemados.

13.

VALERIA LE SALVA LA VIDA A SALVADOR

A la luz incierta de los faroles, el auto de Valeria cruzó una esquina del pueblo Las Cruces y se lanzó a cien millas por hora por la carretera central, en dirección a la escena del fallido secuestro. Llevaba media hora de atraso. Un auto patrullero la había detenido por conducir a alta velocidad, y el chequeo de rutina había terminado en graves problemas. El oficial le informó, en tono severo, que el seguro del auto había expirado meses antes, además, el banco que financió la venta del coche, emitió una orden de reposición por falta de pagos. Maldito infeliz el Simón, pensó Valeria, porque ella no tenía que romperse la cabeza para deducir que había sido obra de Simón como parte de su patética venganza —de su venganza de cornudo— dijo en voz baja, entre tanto las luces de la carretera le lanzaban flechazos de luz en su rostro.

Para salir del atolladero, ella logró seducir al policía con promesas de carne, e inclusive le regaló, como adelanto, un beso en la boca y un fuerte apretón en sus partes íntimas. El oficial, muerto del susto ante aquella mujer devoradora, le entregó los papeles y su teléfono privado, pero no la dejó ir sin que antes le prometiera conducir más despacio.

—Te lo prometo, bombón —y le acarició una mejilla, saliendo luego a toda velocidad y dejando una estela de polvo y olor a gomas chamuscadas.

La cólera que sentía por el tiempo perdido se iba apagando. En su mente planeaba los pasos que debía seguir. Le tocaba la odiosa tarea de guiar a los hombres de Evaristo, esos animales con ropa que podían echarlo a perder todo. Pensó en algún método efectivo para hacerlos cumplir su trabajo, pero entonces recordó el miedo terrible que Evaristo impregnaba en sus secuaces. Sí, ellos seguirían su coche, con Salvador atado en el cajón de la camioneta, los ojos vendados, hasta la casa apartada que ella había alquilado dos días antes. Allí en esa casa, entre las paredes de un cuarto sin ventanas y esperanza, ella mantendría a su amado tormento hasta que le diera su realísima gana, para después, cuando se le antojara, liberarlo como toda una heroína.

No estaba muy segura de qué manera terminaría la aventura. Sin quererlo, se imaginó a Salvador atado en aquella cama, con el torso desnudo, los músculos sudorosos, el largo cabello negro reposando en la cama, y sintió una punzada en su vientre. Valeria abrió la ventana del coche para refrescar aquella inoportuna calentura. Tenía que concentrarse en ese momento, ser pragmática, fría, para no fallar los planes y que los hombres de Evaristo la respetaran como se respeta al líder más temido.

Cuando llega al sitio acordado, se sorprende de no ver por ninguna parte la camioneta de los malhechores. Valeria se baja del coche. Camina unos pasos mirando en todas direcciones. A sus oídos llega un leve sonido. Un lamento, como el llanto de un niño. Todo a su alrededor es oscuridad. Escucha de nuevo el sonido, esta vez más alto. Entonces ve la camioneta de Salvador volteada contra un árbol y siente que el pecho se le oprime del terror.

Sin pensarlo, echa a correr en esa dirección y descubre el origen del sonido. Sentado en la hierba, con las piernas rotas y la cabeza ensangrentada, está Salvador Cerinza, llorando casi en silencio por la muerte de su esposa, a quien tiene sostenida en sus brazos.

—¡Gracias a Dios, Salvador! —grita Valeria aliviada.

—¡Está muerta... la mataron! —se lamenta Salvador.

Valeria no pierde tiempo y llama una ambulancia. Momentos después, Salvador es conducido a una sala de emergencias, acompañado de Valeria, quien no pierde la oportunidad que le ha llegado. Ella le ha salvado la vida a su amado Salvador. Le cuenta a la policía que investiga el accidente, que ella se dirigía a la hacienda La Alameda cuando vio el coche volcado contra el árbol. Al llegar con la ambulancia al hospital, ella se anota en los registros como el único familiar cercano de Salvador. «Soy su prima lejana», le dice a la enfermera que llena los formularios.

—¿Usted cree que sobreviva? —le pregunta Valeria preocupada.

—El paciente sufrió serias fracturas en las piernas y las costillas —dice la enfermera—. Es posible que se recupere, pero también es muy posible que no vuelva a dar un paso en su vida.

—Lo que importa es que sobreviva —dice Valeria—. Eso es lo único importante, que salga con vida, señorita.

—Por supuesto, los doctores harán lo imposible por salvarlo.

Aquella noche, Valeria pasó en vela la madrugada, sentada en un incómodo sillón de la sala de espera. Allí la encontró Jacobo, a eso de las cuatro de la mañana. El cura había recibido una llamada del hospital, para concederle los últimos ritos a un moribundo. A punto de salir, escuchó el nombre de Salvador en boca de una enfermera. Entonces inquirió sobre el caso y le contaron todo lo sucedido. Cantalicia había fallecido en el terrible accidente. También le dijeron, que una prima lejana de Cerinza, llamada Valeria, lo había traído en la ambulancia, salvándole la vida de milagro. Jacobo la observó con curiosidad, en tanto se acercaba a ella. Nunca oyó a Salvador hablar de ningún pariente, mucho menos una prima.

—¿Valeria? —dijo Jacobo.

Valeria levantó la mirada y observó curiosa al párroco.

—Sí, ¿qué se le ofrece?

—Mi nombre es Jacobo, soy muy amigo de los Cerinza.

—Ah, el padre Jacobo —dijo Valeria con una mueca triste—. He oído a Salvador hablar mucho de usted.

—En cambio, yo nunca escuché a los Cerinza mencionar su nombre. Yo la conozco de alguna parte ¿Usted no es pariente de los Donoso?

Valeria sonrió con dulzura.

—Yo soy prima de la difunta Isabel Arroyo.

—Por supuesto, usted residía en la casa de la familia Donoso cuando la visité en busca de Salvador. Sí, sí… ya la recuerdo. Pero no sabía que andaba por Las Cruces.

—Es que me separé de mi esposo. Salvador y Cantalicia tuvieron la bondad de acomodarme en La Alameda, hasta que consiga un nuevo hogar.

Jacobo movió la cabeza, como si entendiera su explicación. El cura entonces se acordó de la esposa de Cerinza.

—¡Qué desgracia, Dios santo! Esa pobre mujer —dijo el cura y hundió su cabeza entre las manos.

—Sí, padre. Es una desgracia terrible —respondió ella, tomándole una mano—. Pero no se preocupe por Salvador. Yo me encargaré de su cuidado con el mismo cariño con que me abrió las puertas de su casa.

—¿Ya le avisaron al niño? —preguntó el cura.

Valeria lo miró atónita. Hasta ese momento, no había pensado en el hijo de Salvador.

—Bueno, padre... por supuesto que le avisaremos, pero prefiero que usted lo haga. Digo, porque le tiene más confianza a usted.

Jacobo levantó el rostro despacio y miró a Valeria. Ella esquivó su mirada, sollozando tranquila. Las primeras lágrimas afloraron con esfuerzo, pero luego, Valeria lloró con sinceridad. No por la muerte trágica de Cantalicia y la condición grave de Salvador, sino porque se dio cuenta, en ese momento, que sus planes habían salido mucho más fructíferos de lo que había imaginado. Lloró tranquila, con una sorda y extraña alegría, pensando en el camino, ya sin estorbos, que la conducía a los brazos de Salvador.

—Es una desgracia, padre. Es una terrible desgracia —dijo entre sollozos. El cura Jacobo la abrazó, contagiado por el sincero dolor de Valeria.

Dos días después, un martes triste y lluvioso, Cantalicia fue sepultada en el cementerio de Las Cruces. Vestida de negro todo el día, con gafas oscuras y un pañuelo mojado en sus manos, Valeria asumió personalmente no solo los gastos, sino también los preparativos fúnebres y el entierro. Organizó la misa católica en la iglesia, ordenó las coronas de flores que adornaron el féretro, y envió en busca de Moncho a Gregorio, el capataz de La Alameda. Al llegar el niño, el padre Jacobo se reunió a solas con él para explicarle lo sucedido. Valeria lo esperó sentada en la sala. Cuando el niño salió del cuarto, ella lo tomó de la mano.

—No me conoces —le dijo—. Pero era muy amiga de tu madre. A partir de ahora, estaré segura que nada te falte.

Moncho la miró en silencio. El niño estaba aturdido.

—Mira, Moncho —le dijo ella bajando más el tono—. Nadie puede sustituir el amor de una madre, pero te voy a cuidar, si me lo permites, como si fueras mi hijo.

Entonces lo abrazó, le acarició la cabeza con ternura, y recostó con malicia el rostro confundido del niño en el mismo centro de sus senos. Moncho se quedó turbado, envuelto en aquel calor agradable.

—Vamos a llevarnos muy bien, ya lo verás —dijo Valeria, mientras le acariciaba los cabellos y sonreía para sí misma.

Ese mismo día llevó al niño de la mano hasta el hospital. Entraron juntos al cuarto, donde yacía Salvador. El joven hacendado estaba consciente, en camino a la recuperación, pero envuelto en yeso desde los pies hasta la cintura. Moncho lo abrazó llorando.

—Tienes que ser fuerte, mijo —dijo Salvador, aguantando la respiración y las lágrimas—. Te prometo que, cuando me recupere y vuelva a estar en pie, voy a encontrar a los culpables.

Valeria sintió un estremecimiento. Feliz en sus logros, había olvidado la causa detonadora del accidente. Ella, junto a Evaristo Canales, era la autora de la muerte de Cantalicia. Pero luego se tranquilizó. Evaristo estaba tan implicado como ella. Un hombre experto en asuntos criminales no suelta prenda tan fácil. Salvador la llamó a la cama.

—Quiero darte las gracias por salvarme la vida —le dijo—. Y por ocuparte de todo. Moncho puede regresar al colegio si no puedes ocuparte de él.

—No, no te preocupes —dijo ella y aprovechó para tomarle una mano—. El niño se puede quedar unos días, entre yo y Aurora nos ocupamos de la casa.

—Gracias. No sé cómo pagarte tanta bondad.

—Lo hago de corazón, Salvador.

A partir de aquella noche, con el consentimiento de Salvador, Valeria tomó las riendas de la familia y de La Alameda. Se instaló en la casa como la nueva señora y desde allí comenzó a tejer las redes de su dominio. Fue un proceso rápido, sin obstáculos de ninguna índole. La primera en ceder ante el enérgico empuje de la joven fue Aurora, cuyo carácter taciturno y pacífico se puso al servicio de Valeria desde el primer día. La cocinera estaba maravillada. Le asombraba como una mujer tan joven sabía tantos secretos de la vida. Le llamó la atención sus cambios de humor repentinos. A veces parecía una vieja amargada, y por momentos una joven alegre. Sin embargo, al tercer día, las dos mujeres parecían conocerse de siempre.

Con los peones de La Alameda sucedió igual. Valeria se vistió de vaqueros, botas altas y blusa escotada y se apareció frente a Gregorio el capataz, sentado en un taburete en el portal de su cabaña. Desde el día que lo vio, con su cuerpo alto de espaldas cuadradas y el bigote montuno bajo los ojos fríos y calculadores, Valeria comprendió la obligación de seducirlo, con tal de guardar su fidelidad en el bolsillo.

—Así que tenemos nueva matrona en La Alameda —dijo Gregorio mirándola de arriba abajo—. Por lo menos está más bonita que la antigua.

—Más bonita y con los pantalones bien puestos —le dijo Valeria—. Salvador me dejó a cargo de La Alameda hasta que se recupere, de modo que vengo a pedirle que continúe cumpliendo con el buen trabajo como siempre lo ha hecho. Cualquier problema con la hacienda, me viene a ver personalmente.

—¿Sólo por problemas en la hacienda? —preguntó irónico Gregorio—. ¿O la puedo ver por otras razones?

—Hasta ahora, que yo sepa, la única razón que nos une es La Alameda.

Valeria se marchó y lo dejó allí parado, pero siempre se acordó de caminar moviendo las caderas para atrapar los ojos de Gregorio. El capataz la miró divertido.

Durante el mes siguiente, Valeria visitó todos los días a Salvador en el hospital. Llegaba en la tarde, después de la siesta, y lo acompañaba hasta la noche, sentada a un lado de la cama. Conversaban de asuntos de la hacienda. Ella escuchaba tranquilamente, con una mano sobre el brazo de Salvador, los ojos brillantes, en silencio, en tanto él le explicaba con detalles las instrucciones. Lo escuchaba embelesada, sumida en su propio sueño —el sueño de estar al fin junto a él en La Alameda— prestando más atención a la forma de hablar, a la voz, a los gestos, que al contenido del mensaje.

—Y me le dices a Gregorio que no deje de pagarle a los peones aunque se atrase la venta —decía él.

—Sí, Salvador.

—Recuerda el pago del tractor nuevo, que Aurora lo olvidó el mes pasado.

—Sí, mi amor.

—Hoy hablé con tu cuñado Antonio…

—Mi ex cuñado.

—Bueno, me dijo que no hay problema entre nosotros, a pesar de que estas viviendo en mi casa. Va a continuar los negocios conmigo.

—Cuánto me alegro, querido.

Y así sucedió cada día del mes. Ella controlaba el deseo que le carcomía sus entrañas, soportando a duras penas el impulso de abrazarlo, de acostarse junto a él así todo enyesado y besarlo hasta el cansancio; pero no era tonta. La única posibilidad, estaba segura, era continuar jugando el papel de benefactora. Ganarse el cariño de Salvador. No podía repetir el mismo error de antes. Eso nunca. Tenía que aguantar y esperar. Los médicos dijeron que en menos de un mes, Salvador estaría de vuelta en La Alameda. Para entonces, calculaba ella, ya el corazón de él estaría en sus manos.

Sin embargo, había un dato que Valeria desconocía. Desde la muerte de Cantalicia, postrado en la cama del hospital sin nada en que ocuparse salvo pensar, el recuerdo de Julieta florecía en la mente inquieta de Salvador, como una flor silvestre en medio de la aridez. Pasaba el día dando vueltas y vueltas a sus ideas, girándolas al derecho y al revés, por delante y por detrás y siempre, al final, aparecía el rostro de Julieta.

Por momentos, Salvador pensó en pedirle a Jacobo que le avisara. Pero luego, cuando el párroco llegaba a visitarlo, no encontraba las palabras ni el valor para decírselo. Además, la sola idea de una decepción lo aterraba. Una negativa de Julieta sería devastadora para su ya lacerado espíritu. De modo que las visitas de Valeria lo alejaban del recuerdo de Julieta. Tanta dulzura, tanta dedicación ponía ella durante aquellas horas, que Salvador llegó a tomarle un cariño sincero.

Esas visitas, sin embargo, convertían el cuerpo de Valeria en una hoguera de ansiedad. El contacto diario con Salvador, el roce de sus manos, el olor de su piel, sembraban en ella una codicia asfixiante que no la dejaba concentrarse al llegar a la casa. En las noches, sola en la inmensa cama de la alcoba, era presa de un sudor febril que devoraba su cuerpo y la mantenía en un estado de total desesperación. Entonces salía al jardín y caminaba entre las rosas y los jazmines que tiempo atrás Cantalicia había sembrado. Caminaba despacio, mientras el aire de la noche despejaba sus sentidos, la mantenía alejada de aquella cama hirviente, donde le era imposible agarrar el sueño sin pensar en Salvador acostado a su lado, en Salvador desnudo, acariciando sus senos, en Salvador besando sus muslos, explorando cada rincón de su cuerpo, en Salvador entrando en ella y llevándola hasta el delirio. Afuera, en el jardín, no pensaba en él. O al menos lo intentaba. Le agradaba el olor a tierra mojada, el quejido de los grillos. De esa manera enfriaba su cuerpo. Concentrada en sus planes, disfrutando el silencio.

Pero una noche el silencio fue violado. El sonido de unas botas rompió la calma. Valeria volvió el rostro. Era Gregorio, el capataz de la hacienda. Valeria había establecido con él una amistad de conveniencia, pero lo mantenía a raya. No le inspiraba confianza. Por su parte, él se dejaba utilizar encantado de la vida porque supo, desde el primer día, que iba a terminar acostándose con ella. Lo supo desde que notó su falso comportamiento, la forma como escondía su verdadero carácter. Detrás de aquella apariencia, se ocultaba una gata en celo.

—¿Se le perdió algo a la reina? —preguntó Gregorio.

—No. Salí a caminar un rato. Necesitaba un poco de aire fresco —respondió ella con rostro serio y dio dos pasos para irse.

Gregorio la agarró del brazo. Ella se sorprendió.

—No se vaya tan pronto —le dijo sonriendo—. Porque no me acompaña a mi cabaña. Va y así se refresca mejor.

Valeria le dio una bofetada e intentó soltarse de su brazo, pero él la apretó contra su pecho y la besó a la fuerza.

—¡Suélteme estúpido! —le gritó furiosa—. ¿Se volvió loco?

Gregorio la soltó sin dejar de sonreírle. Valeria regresó a la casa, caminando aprisa, molesta por lo ocurrido, y por el calor abrasante que había regresado a su cuerpo. Entró a la casa agitada, tropezando con los muebles, pensando en Gregorio, en Salvador, en Simón. Los tres hombres se fundían en su mente, en rápidas y violentas imágenes. Anduvo de un lado a otro de la sala, durante unos minutos, indecisa en subir al cuarto, con locas ideas chocando en su mente, hasta que, de un impulso repentino, volvió a salir por la puerta.

Gregorio entró a su cabaña, aun sonriendo, y fue hasta una vitrina, donde sacó una botella de ron y se bebió un largo trago. Después dejó la botella y caminó unos pasos hasta el camastro, ubicado en un rincón de la estancia. No bien acababa de sentarse, cuando la puerta se abrió de golpe y Valeria entró por ella como un huracán. No le dio tiempo a reaccionar. De un solo golpe lo empujó boca arriba, lo despojó de la camisa y le rompió los botones del pantalón. Tan rápido y desesperado fue el ataque, que Gregorio se vio, de pronto, rodando por el suelo de la cabaña, sembrado en el cuerpo de Valeria, envuelto en su ardor, en su arrebato de lujuria, en el calor sofocante de su aliento desesperado.

14.

EL REGRESO DE JULIETA

Sentado a la ventana del hospital, Salvador vio como la noche invadía la avenida. Inclinó la cabeza hacia adelante y apoyó su mentón sobre las manos. Pasaban pocas personas por la calle. A esa hora, los habitantes del pueblo se encontraban en sus casas, en sus cálidos hogares, sentados a la mesa en familia, o viendo un programa de televisión, mientras él estaba aún allí, encerrado entre cuatro paredes blancas, en aquella atmósfera saturada de olor a desinfectante y quejas de pacientes. Un mes entero, pensó Salvador, mientras abajo, en la calle, pasaba el mismo vendedor ambulante de todas las tardes, arrastrando una carreta de frutas de regreso del mercado. Recordó su niñez. Su padre lo traía pocas veces al pueblo Las Cruces. Desde la carreta, donde él se sentaba junto a su padre, veía pasar a la gente del pueblo y soñaba con ser como ellos, o sea, vivir en el pueblo y no en aquel rancho miserable.

Se sentía cansado. A pesar de que faltaban pocas horas para su salida de aquel centro médico, no sentía la más leve alegría en su pecho. Recordó otra vez la conversación con el padre Jacobo, la noche anterior, antes de la hora de dormir. El párroco había sembrado en él nuevas preocupaciones. Valeria, le dijo, había tomado demasiado poder sobre La Alameda, inclusive en la casa, donde en menos de un mes había cambiado la decoración y había despedido a un par de sirvientas, mientras cometía injusticias con ciertos empleados. Salvador la defendió, pues no comprendía la postura del padre Jacobo.

—Déjela en paz, padre. Lo único malo que hizo fue salvarme la vida y dedicarse a cuidar a Moncho y la hacienda cuando Cantalicia murió.

—A mí no me parece confiable, Salvador —dijo Jacobo—. Me extraña ese súbito interés por apoderarse de tu vida.

—Es que me tiene mucho afecto.

—Pero entonces le estás creando falsas ilusiones, porque tú no la amas. ¿O estoy equivocado?

Salvador sabía que no la amaba. La única mujer que realmente amó en toda su vida estaba separada de él por el vasto océano Atlántico. Sin embargo, él había querido también a su esposa. La había querido como una amiga, como un familiar cercano, y el recuerdo de su muerte le impedía hablar de Julieta, del amor imposible. Pero a Valeria no la amaba. No la podía amar. Salvador pensó en una frase oportuna para describirle a Jacobo lo que sentía por ella.

—Es cierto, no la amo —dijo Cerinza—. Pero le estoy tomando cariño... ¿Cómo evitarlo, padre? Una mujer que se ocupa de ti cuando más lo necesitas, que se dedica por completo a tu bienestar. ¿Quién lo puede evitar?

—Te entiendo, Cerinza. De todas maneras, hijo, tengo un mal presentimiento con esa joven —confesó Jacobo—. Hay algo en ella que no me gusta para nada, como si tras esa sonrisa amable se escondiera algo siniestro, algo a punto de estallar. Cuando hablo con ella lo presiento, me da la impresión que sufre un mundo intentando ser dulce y cortés con otras personas.

—Bueno, según me dijeron —dijo Salvador—. Estuvo poseída por un espíritu. ¿No me diga que usted también cree en esas fantasías?

El cura Jacobo soltó un largo suspiro de cansancio.

—Después del milagro tuyo —dijo Jacobo—. Estoy que creo en cualquier fenómeno.

—Lo comprendo, pero necesito que usted me comprenda a mí también —respondió Salvador—. Con todos los gestos que ha tenido conmigo, los sacrificios y su generosidad, no puedo expulsar a Valeria así como así de la hacienda. Sería una injusticia.

El padre Jacobo se levantó, como para despedirse.

—Estás jugando con fuego, Cerinza —dijo—. No te lo quería mencionar, pero también corren rumores que tiene amoríos con Gregorio, tu capataz.

—¡Mejor todavía! —dijo Salvador sonriendo—. Qué Dios los bendiga, padrecito... ¿No era eso lo que le tenía preocupado? Pues ya lo ve, pescando mi amor, se tropezó con el amor de Gregorio. Debería usted alegrarse. Seré con mucho gusto el padrino de la boda. A lo mejor de allí le viene todo ese interés por La Alameda.

Pero el párroco no tenía una pizca de alegría. Se puso el sombrero. Antes de salir dijo:

—¿Sabes qué ocurre contigo, Salvador? Que tienes tan buenos sentimientos, tan buenas intenciones siempre, que te cuesta trabajo ver la maldad. Entonces ya no tienes tiempo de defenderte, hijo.

Y se marchó por la puerta, dejando a Cerinza preocupado. El padre Jacobo tenía la razón, pensaba ahora Salvador, mientras miraba la noche caer por la ventana. Durante toda su vida, él había tratado con bondad y gentileza a todos los seres que conoció, recibiendo, en la mayoría de los casos, maldades de vuelta. Pero, ¿qué hacer con Valeria? Salvador no tenía valor para expulsarla de su vida luego de tanta benevolencia, de tantas horas que ella dedicó al bienestar de su familia. Entonces decidió esperar, dejar que las cosas tomaran su rumbo. Al día siguiente él regresaría a La Alameda. Volvería a tomar el control de la hacienda, de la casa. La silla de ruedas donde estaba postrado no era ningún impedimento.

El cura Jacobo, en cambio, no esperó al regreso de Cerinza a La Alameda. Desde que abandonó el hospital estaba decidido: tenía que tomar medidas. No iba a permitir que, después de transformar a Cerinza en un hombre de bien, en un hacendado, llegara una intrusa a destruir su gran obra caritativa. Él nunca quiso nada a cambio, sólo la satisfacción de ver a la familia progresar, el placer de ser parte de la magia, de la transformación de unos seres pobres e indefensos en unos prósperos hacendados.

—No, de ninguna manera sucederá —decía Jacobo mientras salía por la puerta del hospital y se dirigía a la parroquia—. No puedo permitir que una mujercita y un capataz me desgracien a los Cerinza.

La conversación con Cerinza había aclarado sus temores. Jacobo comprendía que los tentáculos de Valeria habían envuelto la vida de Salvador, y que él ya no tenía autoridad suficiente para impedirlo. Sólo una persona era capaz de lograr esa hazaña. Una mujer joven y hermosa, que se apareció meses atrás en su parroquia.

La noche que Julieta se marchó, había llegado de improvisto, empapada por la lluvia, en plena madrugada. Jacobo se encontraba cerrando las puertas de la iglesia cuando escuchó el sonido de los pasos. Se sorprendió por la visita.

—Pero, hija, ¿qué haces a esta hora aquí?

—Vine a despedirme de usted, padre. Regreso esta misma noche a Europa —dijo ella, secándose las gotas de lluvia y lágrimas que mojaban su rostro.

—Te notaba tan feliz, Julieta. Creí que te quedarías aquí para siempre, en la tierra donde naciste.

La joven se sentó y comenzó a sollozar. El padre Jacobo sintió una pena infinita. De pronto, sin ella mencionarlo, descubrió el origen de su dolor.

—Te enamoraste de Salvador Cerinza —afirmó Jacobo.

—Sí, padre… estoy enamorada perdidamente de Salvador —dijo entre sollozos—. Y es un hombre casado. Lo quiero como nunca he querido a otro hombre… lo amo tanto que estoy a punto de cometer una locura, porque yo lo sé, padre… yo sé, en lo más recóndito de mi corazón, que Salvador me ama con más fuerza.

El cura Jacobo la besó en la frente.

—Qué Dios te bendiga, hija —dijo despidiéndose—. Hoy existen pocas mujeres como tú. Te deseo la mejor de las suertes, querida Julieta.

De modo que, al llegar a su casa luego de la entrevista con Cerinza, el padre Jacobo va directo hasta su despacho y descuelga el aparato de teléfono, en tanto extrae un papel de su chaqueta gastada. Marca despacio los números. El hilo invisible de la llamada sale de Las

Cruces y cruza el Atlántico, llegando a París con su velocidad urgente, recorre la *Rue de Pas* y penetra al interior de un apartamento de *Place des Vosges,* dónde hace sonar el teléfono en el cuarto de Julieta, con seis horas de diferencia.

Julieta despierta sobresaltada. Nunca recibe llamadas a esa hora de la madrugada. En su interior, presiente que alguna tragedia ha ocurrido. Sus temores se convierten en realidad cuando, desde el otro extremo de la línea, escucha la voz familiar del padre Jacobo, diciéndole que Cantalicia ha muerto en extrañas condiciones, y una mujer intrusa se ha apoderado de la vida de Salvador Cerinza, quien se encuentra hospitalizado debido al accidente. Julieta le promete regresar a la hacienda en el menor tiempo posible. Necesita al menos unos días. El tiempo justo para organizar sus cosas, dejar en manos de amigos su próspero negocio de arte, y comprar un boleto sin vuelta con destino a La Alameda.

Por aquellos días Valeria también estaba preocupada. Después de haber conseguido apartar a Simón, el joven había regresado a La Alameda. Fue una visita inesperada. Dispuesto a recuperar el amor de su esposa, Simón había soportado las críticas de su hermano Antonio y de Abigail, quienes le suplicaban que olvidara para siempre a Valeria. Pero él no podía. Su mente le dictaba olvido, rencor, mientras su corazón pedía a gritos el perdón y la necesidad de volver junto a ella, a cualquier costo. El sueño de tenerla otra vez en sus brazos, de revivir los mágicos instantes de su amor, era mucho más fuerte que la humillación de regresar por ella. Esa esperanza se convirtió en optimismo. Un pesimista, pensaba Simón, se quedaría de brazos cruzados, viendo escapar la mujer de su vida sin mover un dedo. Pero él no. Él era un optimista, un luchador. Valeria lo hirió con aquellas palabras, era cierto, pero las palabras se las lleva el viento. Lo que queda es la huella del cuerpo, del corazón. Si al final del trayecto no lograba recuperar el amor de su esposa, al menos no le dolería la conciencia por no haberlo intentado.

Simón llegó a La Alameda sin avisarle a nadie, justo a la hora en que Valeria se disponía a visitar a Salvador. Fue recibido en la puerta por Aurora, quien subió al cuarto de Valeria para anunciar su visita.

—Señora, allí afuera la busca su esposo —dijo Aurora.

Valeria estaba maquillándose frente al espejo de su cuarto, ya vestida para visitar a Cerinza.

—¿Mi esposo? —dijo Valeria—. Yo no tengo ningún marido.

—Es el muchacho rubio, el que vino a buscarla la otra vez.

Valeria soltó un suspiro de queja. Se volvió, moviendo un lápiz labial en una mano.

—Dile que no estoy, Aurora —dijo—. Y por favor, avísame cuando se marche, a ver si puedo salir de una vez hacia el hospital.

Aurora cumplió el pedido de Valeria, pero Simón cruzó la puerta sin permiso y entró a la casa, subiendo las escaleras saltando los escalones de dos en dos, como impulsado por ese ciego optimismo, dejando atrás las protestas de Aurora. Caminó por el corredor abriendo una por una las puertas de los cuartos, con la seguridad de encontrar su presencia, hasta que halló a Valeria parada en el centro de una alcoba, mirando a la puerta, esperándolo. Tenía los brazos cruzados, la cartera colgando. Una sonrisa leve, traviesa e irónica, se dibujaba en su cara.

—¿Cuál es la emergencia? —preguntó Valeria.

Simón la miró en silencio, con la respiración entrecortada por la corrida. Cerró la puerta. Avanzó unos pasos, observando el interior de la alcoba.

—¿La decoraste tú misma, verdad? —le preguntó.

—Sí, la decoré yo misma —dijo ella—. Te hice una pregunta, Simón…

—Quiero una oportunidad para hablar contigo.

—Pues habla. Aquí me tienes.

—Estás predispuesta, Valeria —dijo él, mirándola con sus ojos claros, brillantes—. ¿Por qué no damos un paseo y así me escuchas con más calma, fuera de esta casa?

—No sé si te habrás dado cuenta que me disponía a salir, justo cuando llegaste. Tengo que visitar a Salvador al hospital.

—¿*Tienes*? —sonrió él—. Sabes muy bien que no es una obligación.

Valeria rió levemente. Dio unos pasos por la habitación y se sentó en una butaca, cruzando las piernas.

—¿Qué voy hacer contigo, Simón? —suspiró—. Yo te sigo queriendo, de veras que sí, pero no es amor lo que siento, ¿es tan difícil entender eso?

Simón se acercó despacio, inclinándose frente a ella. Le tomó las manos, suavemente. Le miró a los ojos.

—¿De qué color eran las flores? —le preguntó de pronto, con una sonrisa.

—¿Cuáles flores? —dijo Valeria.

—Las flores que te regalé la noche del concierto, cuando te ofrecí matrimonio.

Valeria comenzó a reírse nerviosamente. Separó sus manos y se recostó al respaldar. Le dijo:

—¿A qué viene esa pregunta? ¡Qué sé yo el color de las flores! ¿Cómo voy a recordarlo?

—Lo escribiste en un diario que encontré en nuestro cuarto.

—¿Rosas rojas eran? —dijo Valeria.

Simón se quedó silencioso. Sin quitarle los ojos de encima, fue levantándose poco a poco, apartándose de ella, como si cortara con aquel gesto un lazo invisible, un vínculo secreto. Continuó mirándola a los ojos, como entrando, a través de la mirada, por la puerta de ese espíritu maligno, y asomando su mirada al interior, descubriendo sus entrañas. En silencio se volvió y caminó hasta la puerta. Antes de salir se detuvo.

—Voy a esperar el tiempo necesario —dijo al espíritu, al alma posesiva—. Estoy seguro que, tarde o temprano, te irás de cabeza al mismísimo infierno, vieja loca. Pero no te permitiré que arrastres contigo a Valeria. Te voy a vigilar, seguiré tus pasos de cerca… te lo juro por mi sangre. No dejaré que Valeria pague por tus crímenes aquí en la tierra.

Valeria lo miraba con tristeza, con una enorme y fingida expresión de dolor, como demostrándole a él el tamaño de su angustia, la herida profunda que causaban en su corazón aquellas palabras. Se levantó entonces, con los ojos vidriosos, la falsa congoja allí perenne en todos sus movimientos, la manera de sacar un pañuelo y llevarlo a sus ojos, de caminar envuelta en un suspiro, y luego estirar una mano hacia él, hacia Simón, quien no aceptó recibir el gesto.

—No te imaginas cuánto me duelen tus palabras —dijo ella al fin.

Simón sonrió divertido.

—No te esfuerces en vano, Rebeca —dijo al espíritu—. Las flores eran gardenias blancas, las favoritas de tu sobrina.

Y salió por la puerta de la alcoba. Valeria permaneció atónita por un instante, mirando hacia la puerta por dónde Simón había salido. De pronto se avergonzó de haber fingido las lágrimas, de haber inventado ese dolor. Tomó entonces la cartera y la lanzó contra la puerta.

—¡Vete al demonio, infeliz! Me importa un zapato lo que pienses o dejes de pensar.

Julieta llegó un miércoles en la tarde. Dos días habían pasado desde que a Salvador le dieran el alta del hospital. Andaba postrado en una silla de ruedas, con el pie izquierdo estirado hacia delante, cubierto por un yeso blanco que Moncho llenó de dibujos antes de regresar a la escuela. En su cuerpo se notaban todavía las huellas del terrible accidente. En ese momento, el padre Jacobo y Valeria se enfrascaban en una de sus diarias discusiones. El día anterior, Valeria había despedido a un empleado de la hacienda aconsejada por Gregorio, el cruel capataz, sin contar con la aprobación de Salvador. El peón despedido se quejó con el cura, y éste, de inmediato, había venido a interceder a su favor. Salvador le explicó al sacerdote que, mientras él se encontrara indispuesto, Valeria tomaría las decisiones de La Alameda.

—El capataz está cometiendo injusticias, Salvador —dijo Jacobo—. Desde que eres dueño de La Alameda, nunca se maltrató a los empleados.

—¿Es cierto lo que dice el padre, Valeria? —le preguntó Salvador.

—Eso no es cierto, Salvador —respondió ella—. Lo que ocurre es que, desde que se enteraron de la noticia de tu accidente, de que no podías hacerte cargo de la hacienda, los empleados se han vuelto indisciplinados. Gregorio solo está cumpliendo con su trabajo.

—Que yo sepa, el trabajo de capataz no consiste en abusar de ellos —protestó el párroco.

—¿Qué prefiere? —dijo Valeria—. ¿Qué conviertan La Alameda en el basurero que era antes?

Valeria se lamentó de inmediato. Sus últimas palabras no le gustaron para nada a Salvador, y mucho menos su tono.

—Por favor, Valeria —la regañó Salvador—. No le hables así al padre.

—Perdóneme, padre Jacobo —rectificó Valeria—. Pero usted tiene que entender. Esos campesinos necesitan mano dura, sino la cosecha se echará a perder.

—Por supuesto —dijo Jacobo—. La misma mano dura que aplicaron con Cabrera.

—¿Qué ocurrió con Cabrera? —preguntó Salvador extrañado.

Valeria se mantuvo callada. Salvador la miró en busca de la respuesta, pero Jacobo fue el que respondió a su pregunta.

—Lo despidieron porque no cumplió su norma diaria.

—Lleva una semana entera sin cumplirla, Salvador —interrumpió Valeria—. No podemos contar con empleados que tengan actitud de vagos.

—¿Usted llama vago a un hombre que trabajó toda su vida en esta hacienda, desde que La Alameda pertenecía al difunto Ramón Villalba? —exclamó el sacerdote—. Un hombre enfermo, con una familia de tres hijos.

—Por favor, padre Jacobo —intentó Valeria.

—No, señorita… —dijo Jacobo muy molesto—. Estas cosas no pasaban antes que usted pusiera sus pies en esta hacienda.

Salvador quiso detener la absurda discusión. Era cierto que respetaba y quería como un padre al cura Jacobo, pero según su visión, Valeria también merecía el mismo respeto. Cerinza avanzó rodando en su silla de ruedas hasta el cura. Jacobo estaba molesto, dolido.

—No se preocupe, padre —dijo Salvador, en tono amable—. Vaya hasta casa de Cabrera y dígale que venga a verme mañana, a primera hora. Vamos a discutir el asunto con Gregorio.

—Gracias, hijo mío —dijo Jacobo.

El cura apretó una mano que Salvador le tendió. Después se volvió para marcharse, cubriendo su cabeza con el sombrero, pero de pronto se volvió hacia Valeria.

—Y a usted, señorita, le pido que busque un poco de humildad en su corazón, porque creo que la necesita con urgencia.

Para Valeria, que había decidido no abrir más la boca y terminar la tarde en paz, el comentario del cura la sacó de sus casillas.

—Y yo a usted —le dijo con rencor—. Le pido que si viene solamente a crear problemas entre Salvador y yo, no regrese más por la hacienda. Y por favor, márchese de una vez de la casa.

Hubo un largo silencio tras las palabras hirientes de Valeria. El padre Jacobo miró a la joven con lástima, mientras Salvador estaba sorprendido por la fortaleza con que lo dijo.

De pronto, antes que uno de ellos dijera otra palabra, una voz femenina retumbó en la tensa calma de la sala.

—Usted no tiene ningún derecho de hablarle así al padre Jacobo.

Salvador, Jacobo y Valeria volvieron el rostro hacia la entrada de la casa. Parada en el umbral, con una maleta en su mano derecha y un aura de determinación en su rostro, estaba Julieta Villalba.

Valeria permaneció inmóvil por un momento, con la mirada clavada en Julieta. Se preguntó si la conocía de antes, de algún episodio lejano de su vida.

—¿Cómo se atreve a entrar con esas maneras aquí? —le preguntó a Julieta—. ¿Quién demonios piensa que es?

Julieta se quitó las gafas de sol y miró a Salvador, controlando las ganas de abrazarlo.

—¡¿Julieta?! —dijo Cerinza, en una mezcla de desconcierto y alegría. Movió la silla de ruedas hasta ella—. ¡Qué sorpresa!

Julieta sonrió levemente, lo tomó por una mano, mirando a sus ojos, recordando aquella corriente invisible que sintió el día en que se conocieron. Y entonces lo abrazó.

—Lo siento mucho, Salvador —le dijo—. Debiste haberme avisado.

Valeria sintió una punzada de celos en el pecho. Aquel abrazo, las miradas húmedas, los dedos apretados, eran señales de alarma que estallaban en todos los rincones de su alma.

—¿Alguien me puede decir qué hace esta mujer aquí? Porque tal parece, según veo, que soy la única que no tengo el privilegio de conocerla.

—Valeria —dijo Jacobo con gusto —Te presento a Julieta Villalba, la antigua dueña de La Alameda.

Julieta se apartó de Salvador y miró a Valeria. Las dos mujeres intercambiaron una mirada tan intensa, con tanta fiereza escondida, que allí mismo, en ese instante de tiempo, descubrieron la rivalidad que las iba a convertir en enemigas para siempre.

—¡Aurora! —gritó Salvador.

La sirvienta entró a la sala secándose las manos en el delantal. Al ver a Julieta, se abrazaron como amigas.

—Prepárale una alcoba a Julieta —ordenó Salvador, ante la sorpresa de Valeria—. Quiero que se sienta en esta casa como siempre, como si todavía fuera la dueña.

—Pero Salvador —dijo Valeria, conteniendo la ira—. ¿Le vas a permitir quedarse después de ofenderme?

—Lo hice porque usted maltrató al cura Jacobo —dijo Julieta—. Si no quiere escuchar ofensas, mida usted primero las suyas.

—Por favor, no quiero que discutan.

Valeria estaba desconcertada. Esa mujer la había insultado ante los ojos de Salvador y recibía como premio la bienvenida. Tampoco era tonta. Entre Salvador y la joven recién llegada existía un vínculo poderoso, reflejado en los gestos, las miradas, el comportamiento. Un vínculo desconocido para ella, pero transparente como el agua. Y se dio cuenta también, que no podía declarar una guerra abierta a su nueva enemiga. No todavía. Entonces eligió el plan víctima.

—Como quieras —le dijo a Salvador con ojos húmedos —Me retiro a mi cuarto… Nunca pensé que fueras capaz de hacerme una cosa así.

—Espera, Valeria —dijo Salvador.

Valeria se volvió y se dirigió a paso firme hacia su cuarto, sin atender a las súplicas de Salvador para que regresara.

Julieta se instaló en el cuarto de huéspedes. Salvador la acompañó hasta la alcoba en su silla de ruedas. Estuvieron encerrados toda la tarde, conversando, contándose todo lo que les había ocurrido a cada uno a lo largo de todos los meses de separación. Julieta le hablaba de cosas alegres, evitando penetrar en el tema escondido bajo la piel de sus cuerpos, en el recuerdo de aquel amor amputado por la repentina huída de Julieta. Por su parte, Salvador la contemplaba callado, contestando de vez en cuando las esporádicas preguntas de ella, porque mientras Julieta hablaba, él estudiaba su rostro, sus párpados, los ojos color esmeralda que brillaban, dándole luz a la llama de su corazón, mirando sus gestos, su cálida sonrisa, descubriendo otra vez aquella figura que él intentó borrar para que no le doliera su recuerdo. Y que estaba allí otra vez, frente a él.

—¿Por qué te fuiste tan de prisa? —dijo Salvador de pronto.

Julieta lo miró a los ojos, como si buscara valor en ellos. Entonces sonrió dulce, tristemente, y levantó una mano para acariciar la mejilla de Salvador.

—Porque no supe qué hacer con tu amor —dijo Julieta.

Ella se inclinó despacio, cerró las pestañas y lo besó. Se besaron por un largo minuto, con la respiración entrecortada, como liquidando las ansias de tantos besos perdidos. Después se abrazaron, y así permanecieron por un buen rato, sentados, en silencio, contemplándose el uno al otro, sonriendo de felicidad. Por las mejillas rosadas de Julieta, dos lágrimas se deslizaron, dándole un leve brillo a su rostro.

Afuera, por los surcos de La Alameda, se deslizó también un caballo. El alazán de Gregorio cruzó galopando los sembrados, dejando a su paso el ruido seco de los cascos y el vapor amarillo del polvo, atravesó el sendero del granero y al fin llegó a la cabaña del capataz. La tarde se desvanecía, bañando el cielo con un resplandor naranja. Gregorio se apeó de un salto y entró agitado por la puerta.

—¡No vuelvas a cometer esa estupidez! —dijo.

Allí dentro estaba Valeria, caminando de una esquina a otra de la cabaña, con el corazón saltándole en el pecho. Había salido por la puerta de la cocina después del encontronazo con Julieta, esperando impacientemente durante un buen rato.

—¿Qué te pasa Gregorio? —preguntó molesta.

—No me pasa nada... ¡No vuelvas a enviar a nadie para encontrarme contigo aquí!

—¡Me estás huyendo desde que Salvador regresó del hospital! Ahora precisamente, cuando más necesito tu ayuda.

—Ya mi ayuda no te vale para nada, Valeria. El patrón está de vuelta. La fiesta entre tú y yo se acabó hace rato. No quiero desgraciarme la vida por una mujer.

Valeria se detuvo, impaciente, nerviosa.

—No se trata de eso, Gregorio —dijo Valeria—. Yo también disfruté contigo y estoy dispuesta a dejar atrás lo de nosotros... Pero este asunto es distinto ¿De dónde se conocen Salvador y la tal Julieta?

—¿Pues de dónde va ser? De aquí, de La Alameda —dijo Gregorio, caminando hacia la vitrina para servirse un trago—. Nunca te dije nada para no preocuparte en vano... pero todo el mundo se olía que entre Julieta y Salvador existía algo más que una simple amistad. Hasta la difunta Cantalicia lo presentía.

Valeria no podía creer en tan mala suerte. Ella había logrado limpiar el camino para apoderarse de Salvador, y ahora llegaba esa intrusa para arrebatarle todo en pocos días. Sintió como la sangre corría hirviendo por cada una de sus venas.

—¡No puede ser! ¡Es imposible! —gritó Valeria—. ¡Esto no me puede suceder a mí!

—Pues vete acostumbrando a la idea, porque esa yegua regresó por su potro.

—¡No seas tan ordinario! —protestó ella. Luego añadió—: Necesito que me ayudes a sacarla de mi camino.

Gregorio se rió burlón. Ahora entendía la razón del desespero de Valeria, la causa de su repentino desequilibrio.

—Según tengo entendido —dijo Gregorio—. Ese trabajito le

toca a usted. Yo no puedo meterme en la cama del patrón. ¿Será que ya probó y no le dio resultado?

—No seas imbécil —dijo Valeria.

Gregorio se sirvió otro trago, sentándose en una silla. El capataz estaba sereno, tranquilo, mientras Valeria parecía a punto de de estallar, como si la calma del hombre, su indiferencia, atizara el fuego de rencor que la consumía.

—A mí se me hace que estás queriendo vivir la vida muy de prisa. Valeria —dijo él, serio—. Eres una muchacha joven, guapa, que puedes escoger al hombre que te salga de la saya. Además, si la calentura es sólo con el patrón, tienes todo el tiempo del mundo para apoderarte de su corazón. Pero con paciencia, belleza.

—Eso es precisamente lo que me ocurre, Gregorio. Qué no tengo demasiado tiempo.

—¿Por qué? ¿Tienes que viajar al extranjero? —preguntó Gregorio sonriendo.

—No, tengo un boleto de ida al purgatorio —respondió Valeria—. Y lo peor es que desconozco la fecha de partida.

Luego caminó decidida hasta la puerta. Gregorio estaba confundido. Muy confundido.

—¿A dónde vas? —le preguntó

—A enfrentarme a esa mujercita.

Un poco después estaba escondida en el corredor, aguardaba a la sombra de las cortinas. Oyó las voces de Salvador y Julieta. Cuando vio a Cerinza salir rodando en su silla, entró al cuarto de Julieta.

—¿A qué has venido a La Alameda? —le disparó a quemarropa a Julieta, que se volvió sorprendida.

—Parece que todo el mundo sabe a que vine, menos usted.

Valeria la miraba, conteniendo la furia. Julieta, en cambio, estaba calmada, segura de sí misma. El beso de Salvador le había inyectado la fuerza de valor que necesitaba.

—Usted no puede llegar aquí —dijo Valeria—, de esa manera, así como así, a destruir el amor entre Salvador y yo.

Julieta se acercó más a ella.

—¿De qué amor habla? —dijo Julieta—. Mire, Valeria, yo la comprendo. Entiendo todo lo que hizo por Salvador, la ayuda en los momentos difíciles, el apoyo durante todo este tiempo de desgracia. Y créame, no tengo nada en su contra. Es más, la admiro como mujer.

—¡No sea hipócrita! —estalló Valeria.

—No estoy siendo hipócrita. Le hablo con sinceridad —dijo Julieta, en tono suave—. No crea que voy a enfrentarme a usted por el amor de Salvador. No vale la pena.

—Para mí, sí tiene valor el amor de Cerinza. ¡Y mucho!

Julieta sonrió. Valeria no había entendido sus palabras.

—Por supuesto que yo también valoro ese amor. Le digo que no vale la pena enfrentarnos porque no hay necesidad. Sería una guerra inútil, porque ese amor ya me pertenece, ¿me entiende?

El rostro de Valeria adquirió una expresión horrible. Indignada, sorprendida a la vez, se aproximó más a Julieta.

—Eso lo veremos en los próximos días —dijo, conteniendo las ganas de darle una bofetada, y se marchó del cuarto de Julieta.

Como era de esperar, en los días siguientes se definió el destino de Valeria. La llegada de Julieta era el principio del final para el espíritu de Rebeca. Esa misma noche, luego de su discusión con Julieta, se negó a bajar a la cena. Encerrada en su cuarto, esperó en vano la visita de Cerinza para suplicarle su presencia en la mesa. Lloró sola en la oscuridad del cuarto. Lloró rabiosa por un rato, cavilando, hasta que vio su figura reflejada en el espejo y se sintió ridícula. ¿Qué hacía? ¿Por qué tanto sufrimiento? La meta de ella, recordó de repente, era conquistar el cuerpo de Salvador, poseerlo a su antojo antes de marcharse del mundo de los vivos. Sin embargo, esa meta era a su vez el fin de su camino. Presentía que, una vez conseguido su propósito, su presencia en el cuerpo de Valeria no tenía ningún sentido. Ella misma había perdido el sentido de su único destino, entretenida en su papel de benefactora. Era como si, concentrando sus fuerzas en los medios, había olvidado el fin. El objetivo de poseer a Salvador. ¡Y estuve tan cerca! Pensó Valeria, en aquel amanecer en la cascada, cuando llegó aquel mareo y luego perdió el sentido del mundo.

Ahora Cerinza estaba en la silla de ruedas. De modo que la tal Julieta tampoco tenía acceso a su cuerpo. Dentro de una semana, según el médico, Salvador estaría en condiciones de andar, de sentarse, y también de acostarse con una mujer, pensó Valeria. «De acostarse conmigo, no con cualquier mujer», se rectificó en voz alta. Era cierto que entre Julieta y Salvador existía aquel lazo de amor, pero a ella le importaba un pepino. Con amor o sin él, cualquier hombre se acuesta con una mujer. Siempre han sido así y nunca cambiarán. Un cuerpo femenino desnudo, unas caricias eficientes, dos o tres suspiros de actriz porno, y el hombre se derrite como un merengue. Porque hay que seducirlo. A punta de escopeta no se puede, pensó Valeria, y sonrió con la ocurrencia, con la imagen de ver a Salvador besándola mientras ella sostenía el arma, apuntándole a la cabeza.

Eso creía Valeria. Le fue gustando la idea, tomándole el gusto y dejó de llorar. Dos días faltaban para tener a Salvador ante ella y poder seducirlo. Se contempló otra vez en el espejo, secando sus ojos con un pañuelo. Después se volvió a arreglar. El tono de su rostro adquirió vida con el maquillaje. Dos días, Rebeca, dos días, se decía a sí misma mientras trazaba el color rojo fuego en sus labios, el negro oscuro en sus pestañas, el tono rosa de sus mejillas. Tengo dos días para preparar un plan. Soy buena planificadora. Terminó de arreglarse, salió del cuarto. Bajó las escaleras despacio. En el comedor, ante la mesa, estaban Salvador y Julieta. Valeria cruzó la estancia sin dirigirles la palabra ni la vista y llegó hasta la puerta. Al abrirla, sintió la voz de Salvador a sus espaldas.

—No te vayas así, Valeria. Por favor.

Ella se volvió, con una mano sosteniendo el picaporte, la otra la cartera, con el rostro tristón, iluminado por la lámpara del recibidor. Lucía verdaderamente hermosa.

—Ya no tengo nada que hacer en esta casa —dijo bajando la mirada—. No tengo que preguntarte para saber que la prefieres a ella.

—Pero a ti también te quiero. De manera diferente, pero te quiero. No te imaginas lo que significas para mí.

—Una amiga —dijo ella y abrió la puerta—. Y con esa migaja no me conformo.

—¿Adónde vas a ir, Valeria?

—No lo sé aún. Por el momento me hospedaré en un hotel de Las Cruces. Hasta que decida dónde asentarme. Si puedes, me gustaría verte antes de marcharme. Esperaré por ti, Salvador.

Valeria cerró la puerta, segura de que Salvador la visitaría en cuanto estuviera en condiciones. Allí, encerrados juntos entre las paredes del hotel, él caería en sus brazos. Tan confiada estaba que así sucedería, que durante los próximos dos días se dedicó a la dulce tarea de preparar aquella cita con Salvador. Visitó una tienda de ajuares íntimos de mujer, seleccionando las piezas más atrevidas, las más sensuales. Compró el champaña más caro, y llenó de perfume la atmósfera de la suite alquilada. En la tarde segunda telefoneó a La Alameda. A través de la línea, Aurora le contó que Cerinza aún no había regresado, pero le comunicaría sin falta su recado, con el nombre del hotel y el número de habitación.

Pasaban las horas y el teléfono no repicaba. Como en días anteriores, la inseguridad la atacó de repente. ¿Y si Aurora no entregaba su recado? ¿Julieta pudiera retenerlo? ¡Por supuesto! ¡Esa mujer sería capaz de acompañarlo hasta el hotel!

Mientras se vestía de prisa llegó a su cabeza un nuevo plan. De modo que tomó su cartera, se miró en el espejo, y salió del hotel rumbo a La Alameda. Ya casi en las afueras del pueblo se detuvo en una tienda. Un par de botas lustrosas, de piel, eran el regalo perfecto para un hombre que comienza a caminar después de dos meses de invalidez. Un obsequio para la ocasión, para el gran día que tanto había anhelado. Luego de conducir un rato, entró rodando su coche bajo las sombras de los álamos, y al llegar a la entrada, vio la camioneta de Cerinza estacionada.

La puerta de la casa estaba abierta. Valeria entró en silencio, con el paquete en la mano. Se asomó al comedor, a la sala, pero allí no había un alma. Subió entonces la escalera, caminó por el corredor de la casa, llevando su regalo contenta, ansiosa de ver a Salvador. Unas voces llegaban del cuarto de Cerinza. Al abrir la puerta, el corazón le dio un salto en el pecho.

Acostados en la cama, todavía vestidos, Salvador y Julieta se besaban sin aliento, con ardor, iniciando los primeros pasos del rito sexual. Esa imagen la transportó de inmediato a otro lugar y otra época de desdichas. Se vio repetida a sí misma, con el alma en pedazos, contemplando a Salvador besar a Isabel Arroyo ante sus ojos. Había perdido la batalla una vez más. Tan fuerte fue la impresión en Valeria, que permaneció allí, paralizada por breves segundos, hasta que la mirada inquieta de Julieta se tropezó con su figura en la puerta.

—¡Valeria! —dijo Julieta y Salvador se detuvo, mirándola desde la cama.

Un rencor virulento se apoderó de todo su ser. Alzando el paquete de regalos, se lo lanzó a la pareja con todas las fuerzas de su cólera, y les propinó después una lluvia de insultos. Salvador salió corriendo tras ella, logró alcanzarla en el corredor.

—No vuelvas a hacer eso, Valeria. Te lo pido de favor —le dijo.

—¿Cómo puedes hacerme esto, Salvador? —reclamó Valeria, mientras se soltaba y bajaba las escaleras.

Salvador bajó con trabajo los peldaños. Pero logró alcanzarla otra vez afuera.

—Lo siento mucho —le dijo Cerinza—. El amor entre Julieta y yo viene desde muy lejos, Valeria... Pero no quiero perder tu amistad.

—¡Entonces córrela de la casa!

—No me pidas eso, Valeria. Sabes bien que no puedo.

—¡Entonces vete al diablo! —le gritó, saliendo en su coche, sollozando de rabia y dolor.

Sin embargo, mientras conducía, alejándose de la casa, su vista estaba clavada en el espejo retrovisor del coche. Vio a Salvador entrar a la casa, para luego salir con una chaqueta en sus manos, montarse en la camioneta, y salir rodando tras ella. Una sonrisa pícara se dibujó en el rostro de Valeria. Lo había conseguido. Había arrancado a Salvador de los brazos de Julieta para llevarlo hasta el hotel. Su sueño al fin se estaba convirtiendo en realidad. La habitación los esperaba. El champaña estaba frío, la cama cálida, mientras ella, Rebeca, iba a llevar al cuerpo de Valeria hasta su máxima capacidad de rendimiento.

15.
LA VENGANZA DE REBECA

Con paso rápido, como impulsada por el éxtasis de saberse perseguida por Cerinza, Valeria cruzó el recibidor del hotel, dejando impregnado el aire con su fragancia de frutas Chanel. Todos los presentes levantaron la mirada. Los huéspedes sentados, el botones ocupado, un joven rubio que leía el diario. El recepcionista, un joven de mirada atrevida, vestido con saco blanco impecable, la siguió con su mirada hasta que ella se desvaneció tras la puerta del elevador. Al volver la mirada, fue Salvador el que penetró con sus pasos firmes y su larga melena meciéndose sobre los hombros.

—Busco una joven delgada —dijo Cerinza—. De pelo negro, vestida con una blusa de flores.

—Acaba de tomar el elevador —contestó el joven—. Está hospedada en la suite 415.

Salvador le dio las gracias y se encaminó al elevador. El tiempo que esperó allí parado ante la puerta fue el mismo tiempo que utilizó Valeria para entrar al cuarto, desnudarse entera, y luego cubrir su cuerpo con una bata de seda transparente. Cerinza llegó al cuarto piso, caminó por el corredor, pensando en qué manera, con qué palabras le explicaría a Valeria que todo había llegado a su fin. La puerta del cuarto estaba entreabierta. Sentada en la cama, con el rostro mojado de lágrimas, Valeria recogía su maleta. No levantó la mirada, ni habló una palabra. Las ventanas del cuarto se hallaban abiertas, pero las cortinas, rosadas, con encajes, cortaban el paso de la luz. Salvador se deslizó hasta la cama y se detuvo frente a ella, mirándola de un modo extraño. Luego, tomándola por las manos la levantó de la cama, le pasó las manos por la mejilla y, posando sus manos levemente en sus hombros, la besó en la mejilla.

—Eres una mujer muy bondadosa, Valeria —dijo Cerinza.

Valeria, temblando de deleite y deseo ante el súbito beso, le puso una mano sobre su cabello y comenzó a alisárselo hacia atrás, apenas rozándolo con los dedos.

—He venido a despedirme —dijo Salvador—. Y a decirte que, pase lo que pase, estaré agradecido de ti por toda mi vida.

Valeria soltó una lágrima verdadera. Una lágrima de dolor.

—Te entiendo —dijo ella, y acercando sus labios le susurró—. Hazme el amor antes de irte.

Salvador la miró a los ojos, en tanto Valeria acariciaba su cabello. Sentía el fuego de su aliento en sus labios. Ella le apretó con todo su cuerpo, con el pecho en auge, moviendo una pierna desnuda entre los muslos de Cerinza. Las cortinas de la ventana se inflaron por el aire.

—Sólo quiero ese premio. —dijo ella—. Es una limosna comparado a lo que ella disfrutará.

Valeria entonces lo besó, profunda, audamente. El que calla otorga, pensó ella, mientras arqueaba su cuerpo delgado hacia atrás, hacia las sábanas, hacia el placer, llevando a Cerinza con la fuerza de gravedad de su deseo, contagiándolo con su hambre de sexo. Al caer en la cama, sin embargo, Salvador abrió los ojos, como despertando del embrujo. Volvió a pararse, dejando a Valeria acostada boca arriba, el pecho agitado y la mirada afilada.

—Lo siento, Valeria, pero no puedo —dijo Salvador.

—¿Cómo que no puedes? —dijo ella y volvió a abrazarlo—. ¡Por supuesto que puedes! ¡Cualquier hombre puede!

—Yo no soy cualquier hombre. Yo soy Salvador Cerinza. Te quiero, Valeria, te he tomado cariño. Pero no puedo traicionar a Julieta. Lo siento.

Valeria comenzó a besarlo, desesperada.

—Claro que puedes, Salvador —decía—. Hazme el amor, despídeme con tu amor, dime el adiós con tu cuerpo, con tus besos ¡Lo necesito!

Y mientras más Valeria lo acosaba, más se enfriaba el corazón de Cerinza. Primero sintió tristeza por ella, luego una especie de lástima, que fue convirtiéndose en un rechazo a medida que ella se humillaba. El joven dio un paso para marcharse, pero Valeria lo agarró por una mano. Llorando, ya atormentada por la seguridad de perder la oportunidad, se tiró a sus pies como señal de total sumisión. Salvador la levantó despacio.

—No necesitas suplicar mi amor, Valeria. Eres una mujer muy bella. Puedes tener a tus pies a cualquier hombre.

—¡Pero el único que yo deseo eres tú!

Gritó desesperada. Se detuvo, ahogada en llanto, y, atormentada por la emoción, se tiró boca abajo en la cama, a sollozar sobre las sábanas. Salvador sostuvo su mano durante unos momentos sin saber qué hacer, que decirle. Entonces la soltó suave, gentilmente, y caminó hacia la puerta.

—Adiós, Valeria. Te deseo lo mejor del mundo —y cerró la puerta.

Valeria continuó llorando, mojando las sábanas con sus lágrimas y su furia, mientras susurraba frases furiosas: Vas a morir. Ustedes dos van a morir, ¡desgraciados!

Permaneció así acostada por un largo rato, con la cabeza sumergida en las almohadas. Ya no tenía salida alguna. Había fracasado en su último intento por acostarse con Cerinza. Perdió la noción del tiempo y el sentido de la realidad, encerrada en aquel cuarto hasta que llegó la tarde y luego la noche. Solamente le quedaba una salida: eliminar a Julieta y Salvador y luego quitarse la vida con sus propias manos. Acostada en la cama, envuelta en una terrible incertidumbre, Valeria se fue convirtiendo en un animal desesperado. Un animal peligroso, con la cabeza repleta de ideas espantosas que se acumulaban y chocaban entre sí, creando una especie de locura, donde confundía la realidad con la fantasía.

Atolondrada, como empujada por una fuerza invisible que ni ella misma conocía, abandonó el cuarto a las nueve de la noche. Bajó las escaleras del hotel en silencio, con el rostro duro, inexpresivo, como en trance. Al poco rato entró rodando su coche por el sendero de La Alameda. Conducida por la misma fuerza se bajó del auto, caminó hasta la cabaña de Gregorio. El capataz no se encontraba. Valeria abrió la vitrina donde tantas veces vio la escopeta de caza y salió otra vez por la puerta.

La luna se alzaba en el cielo estrellado, dibujando con luz la sombra de Valeria mientras caminaba. No hubo nada de furtivo, ni siquiera de prudente, en su aproximación a la casa. Fue hacía allí tranquilamente, como si tuviese costumbre de caminar así, con la escopeta en sus brazos. Atravesó bajo los árboles. Rodeando la masa oscura de la mansión, se dirigió a la fachada posterior, donde se hallaba el comedor. En silencio, como una gata, se detuvo frente a la ventana donde brillaba la luz.

En ese momento Salvador y Julieta cenaban en la mesa. Desde la oscuridad de afuera, a través de los cristales de la ventana, Valeria vio la felicidad de la pareja dibujada en sus rostros. Ya habían terminado de comer. Salvador hablaba y Julieta escuchaba, mirándolo embelesada, los dos codos sobre la mesa, las mejillas entre sus manos.

Valeria levantó entonces la escopeta de cañones gemelos, apuntó al centro de la mesa y colocó el trémulo dedo índice en el gatillo del arma. Por espacio de breves segundos, mantuvo el arma elevada, mirando con ciego rencor a la pareja de enamorados. Nunca antes se sintió tan herida. Descubrió, de pronto, que nada en este mundo podía salvarla de su miseria. Ni siquiera la muerte de Salvador y Julieta. Fue una idea que cruzó como un relámpago su mente, pero que trajo consigo una fuerza que debilitó su cuerpo y empezó otra vez a convulsionar. La vista se le nubló en gruesas lágrimas de angustia, sintió un dolor en el pecho y un estallido de escopeta rompió el silencio de la noche.

Los empleados de la hacienda fueron los primeros en llegar. Encontraron el cuerpo de Valeria tendido en la hierba mojada, sin conocimiento. A su lado estaba Simón, con el rifle en las manos, quien había venido en su busca y siguió sus pasos desde el hotel a la hacienda. Una de las ventanas tenía un gran agujero, y había trozos de vidrios por doquier. Los hombres corrieron al interior de la casa llamando a gritos a su patrón. Nadie contestaba. Hasta que, de repente, se tropezaron con la inmensa figura de Salvador emergiendo del comedor, llevando un fusil en su mano derecha. A sus espaldas, asustada, se escondía Julieta.

—¿Quién fue el atrevido? —preguntó furioso, con la respiración agitada.

—Parece que fue la señorita Valeria —respondió uno de los hombres—. Está desmayada allí afuera con una escopeta en sus manos.

Salvador echó a correr afuera, avanzó hasta la salida, pero allí mismo cayó de bruces, acompañado de un grito angustiado de Julieta. Y no fue hasta ese instante que los hombres se percataron de la mancha de sangre que cubría gran parte del costado de su cuerpo.

Al día siguiente, Simón se apareció en la Casa Donoso llevando a Valeria en su auto. Todos pensaron que era el fantasma de Valeria. Tenía la piel pálida, el pelo revuelto y la mirada perdida. Los miembros de la familia se negaron a recibirla en su casa, pero Simón, que nunca perdió la esperanza de recuperar a su amada esposa, se hizo cargo de ella y la condujo cargada en brazos hasta la alcoba, pues Valeria había perdido otra vez el conocimiento en la sala.

Después de acostarla se quedó allí parado, mirándola en silencio. Simón había seguido sus pasos desde aquella tarde que habló con ella en la habitación. Una noche, llamó a La Alameda y Julieta le contó que Valeria había decidido instalarse en un hotel de Las Cruces. De esa manera llegó al hotel. Al preguntar por Valeria, el joven recepcionista de mirada traviesa le contó que había salido. Y luego, cuando leía tranquilo el diario en la recepción, la vio cruzar con paso rápido hasta el elevador. Vio también a Cerinza llegar, y luego bajar de la habitación. En la noche, siguió los pasos de ella hasta la hacienda, pero cuando Valeria atravesó los árboles —luego de tomar la escopeta— la perdió de vista por un momento, pues Simón creyó que entraría por la puerta de la cocina. De esa manera había dado con ella, en el justo momento del disparo.

Esa noche, Simón bajó las escaleras y se encontró a Gaetana

sentada en la sala. La espiritista tenía una venda cubriendo su cabeza, como un turbante multicolor. La acompañaba su esposo Evaristo.

—¡Qué sorpresa! —dijo Simón—. No esperaba que se recuperara tan pronto.

—Salí del hospital porque mi marido estaba a punto de cometer una locura.

—Me dijeron que esa diabla está aquí de vuelta —dijo Evaristo.

—Tranquilo, que está dormida —dijo Simón—. No sé esta vez como despertará, pero creo que ya a la víbora de Rebeca se le secó el veneno y está donde le pertenece, sentada al lado del diablo.

—Yo no estaría tan segura —dijo Gaetana.

—Si usted quiere, le presto unos hombres para que vigile la casa y no se les escape.

—¡Qué hombres, Evaristo! —dijo Gaetana—. ¡Los mismos que causaron el desastre!

—No, a esos les di una paliza y se exiliaron bien lejos.

Después de la muerte de Cantalicia y el fracasado secuestro de Salvador, Evaristo se dio cuenta que Valeria lo había utilizado como un tonto. Los temores del regreso de Salvador eran falsos. Y para colmo, Gaetana estaba enojadísima con él por haberse dejado engañar por Valeria.

De manera que Evaristo no pudo soportar más el secreto de su culpabilidad. Una noche, luego de beber demasiado en el club, regresó a la casa y le soltó a Gaetana toda la verdad sobre el asunto. Los hombres bajo su mando habían sido los culpables del accidente, los muy estúpidos que todo lo echaron a perder. En un inicio, Gaetana lo insultó diciéndole desde imbécil y cretino hasta criminal, pero luego se apiadó de su esposo y lo invitó a buscar la única solución: encontrar a Valeria y detener los impulsos malvados del espíritu de Rebeca.

Pero Valeria estaba ahora allí en la Casa Donoso, dormida. Simón logró convencerlos de que se marcharan. Si Rebeca aún permanecía en el cuerpo de su esposa, él les garantizaba que la encerraría en una clínica, hasta que decidiera largarse del mundo, como antes le habían recomendado.

Valeria durmió por espacio de tres días. Al cuarto, abrió los ojos y se encontró con el rostro expectante de Simón, quien trataba de adivinar si aún el espíritu de Rebeca habitaba su cuerpo. Ella no habló mucho, pero cuando preguntó porqué no estaban en la Playa Santa María, Simón sonrió emocionado.

Simón decidió entonces regresar a la playa, pensado que, si al menos no se trataba de la verdadera Valeria, al menos existía la posibilidad de recuperarla visitando el mismo escenario donde ocurrió la resurrección.

La misma primera noche de la llegada a la playa Santa María, Valeria se entregó por completo a Simón. Después, mientras dormían acariciados por la brisa de la madrugada, la joven comenzó a temblar de frío. El espíritu malvado de Rebeca intentaba apoderarse, por última vez, del cuerpo de Valeria. Por instantes lo lograba, haciendo que la joven se levantara de la cama y saliera de la casita como la vez anterior. Caminó descalza por la oscuridad de la arena, trastabillando, cayendo sin fuerzas para sostenerse, como si el cuerpo de Valeria se negara a acatar los deseos del espíritu. La lucha entre cuerpo y alma se desató en ese instante. Valeria se puso en pie, caminando como sonámbula. Se desnudó ante el sonido de las olas del mar y se sumergió en las aguas, dejándose llevar por esa fuerza misteriosa que la conducía al infinito.

Valeria se hundió poco a poco en la profundidad del mar. Le pareció ver, mientras la vida se le escapaba del cuerpo, los instantes más felices de su vida. Se vio a sí misma, siendo una niña, con bata blanca y lazo en el pelo, y vio también a su madre en una tarde espléndida llevándola de la mano por un parque de árboles amarillos. Vio un carrusel de caballos que giraba bajo luces multicolores, mientras su prima Isabel sonreía comiendo palomitas. Vio por último, a su tía Rebeca cuando aún era muy joven, con su larga cabellera rubia y sus ojos saltones. Y sin entender la razón de aquel cambio, Rebeca ocupó su lugar en la escena, y ella el de su tía. El alma de Rebeca se marchaba hacia la muerte definitiva, dejando el mundo de los seres vivos y entrando en la pradera de los muertos, pero con el firme propósito de arrastrar consigo el espíritu de su sobrina. Valeria estaba sumida en un mundo sin oxígeno, donde le era imposible retomar de vuelta su cuerpo. Fue perdiendo el sentido, con los ojos abiertos, contemplando la inmensidad negra del abismo, en su lento descenso al fondo de las tinieblas. De repente, una fuerza descomunal la sacudió de su estatismo y le agarró todo su cuerpo, arrastrándola de regreso a la superficie del agua. Valeria sintió entonces una extraña sensación de bienestar, como si regresara de las puertas de la muerte en el último instante que le quedaba. Abrió los ojos. Estaba acostada en los brazos de Simón, empapado como ella, sobre las maderas de un bote. Frente a ella, tres pescadores de carne curtida y ojos azorados le regalaron una sonrisa.

—¿Por qué estoy aquí? —le preguntó a Simón—. ¿Qué pasó conmigo?

—Nada, no ocurrió nada, Valeria —respondió Simón aturdido de felicidad—. Perdiste el conocimiento mientras nadabas en el mar...

Valeria lo abrazó, llorando en silencio, en breves y cortados suspiros, sintiendo la respiración agitada de su hombre, el sabor salado de su piel, con los ojos alzados hacia el rostro goteante de Simón, hacia su pelo rubio mojado, y más arriba, hacia el color miel claro del amanecer.

Amaneció, en efecto, un día hermoso de primavera. Un día soleado y fresco, con nubes movedizas en el horizonte, que luego pasaron cruzando el cielo azul al llegar la tarde, y dibujaron sombras errantes sobre los altos árboles de La Alameda, donde un enjambre de invitados aguardaba la llegada de los novios Salvador y Julieta. Entre las mesas, Aurora caminaba de un lado a otro del jardín, impartiendo órdenes a cinco meseros aturdidos. La mayoría de los invitados eran campesinos de la hacienda y sus alrededores, acompañados de sus familias. Vestían de traje y botas o zapatos nuevos, incómodos bajo aquel atuendo que nunca antes usaron en su vida. Se movían por el jardín como niños curiosos.

Devoraban los canapés y bocadillos sin reglas culinarias, agarrando los manjeras con sus manos toscas del campo, mientras bebían botellas de cerveza. En un rincón del improvisado banquete, Aurora colocó un bar, atendido por un mesero casi adolescente, cuya sed de principiante lo llevaba a beber un trago de cada botella disponible. Dos campesinos de La Alameda también bebían, al tiempo que comentaban las últimas novedades del patrón.

—Pues es la verdad —decía el mayor—. Yo me pensé que no iba a escapársele a la muerte esta vez. Cuando escuchamos el trueno de la escopeta y vimos a la Valeria allí tirada pensamos en la desgracia, en que había matado al patrón o a la señorita Julieta. Y luego, cuando Salvador se descompuso con esa heridota aquí en el costado, yo me dije: ¡De esta no se salva! Pero si bien cierto es que el diablo es maldito es porque Dios es grande y anda tras sus pasos remediando las maldades.

El campesino menor, de rostro juvenil, sostenía una botella de cerveza, mientras escuchaba las palabras de su tío.

—Yo también creí que no se le escapaba a la muerte, tío —dijo el más joven—. Pero para mí, que esa potra de Julieta lo salvó.

—¿Julieta? ¿De qué hablas, Avelino? ¡Esa niña no es doctora que yo sepa!

—Tranquilo mi tío, que yo también sé que no es doctora —contestó risueño—. No lo digo por un título ni porque lo haya curado. Lo digo porque con una hembra como esa en los brazos, cualquiera se le escapa a la muerte. ¡Que dan más ganas de vivir, caray!

Los dos campesinos se rieron y bebieron un sorbo de sus botellas. Un grupo de músicos ocupó su lugar en los asientos de la tarima de madera, también improvisada, donde colgaban ramos de gardenias blancas y rojos crisantemos. Era un conjunto musical de temas populares. Vestían de idéntica manera, camisas azul claro y pantalones de pana. Ocuparon su puesto, afinaron las guitarras, y la atmósfera se llenó de ritmos tropicales.

Los novios llegaron un poco después. Habían contraído matrimonio en una ceremonia sencilla, privada, en la parroquia del padre Jacobo. Acompañados de dos testigos —una íntima amiga de Julieta y el marido que viajaron desde París para apadrinar la boda— los novios más felices y unidos sobre la tierra se dijeron el sí con la bendición del padre, quien les recomendó discreción a la hora del amor, pues era conocido que las costillas del novio aun no estaban recuperadas del todo.

—No se preocupe, padre —le dijo Salvador—. Julieta es la mujer más dulce y cuidadosa en los asuntos del amor, si yo le contara…

—¡No hacen falta detalles, Salvador! —interrumpió el párroco—. Confío en la palabra tuya y la sabiduría de ella —concluyó Jacobo, sonriente, mientras acompañaba a los novios al coche.

Al llegar, fueron recibidos por el tumulto de campesinos, los únicos y verdaderos amigos de Cerinza en todos los contornos de Las Cruces. Se apearon del coche bajo la lluvia de aplausos, caminaron tomados de la mano hasta el banquete, él guiando los pasos inciertos de ella, y ella con el rostro ruborizado, nerviosa de felicidad, aturdida al inicio por tanta bulla, por tanto júbilo, por la algarabía de aquella gente festiva y parrandera.

—Los pobres se divierten con más gusto que los rico —le explicó Salvador.

Aparte de ser la mujer más dichosa y feliz, Julieta sentía una paz sosegada. Algunos amigos y conocidos habían criticado la decisión tan rápida de los novios. No podían creer que Salvador se enamorara en tan poco tiempo de otra mujer, mucho menos que contrajera matrimonio sin haberse recuperado totalmente. Pero lo que ellos desconocían, y que lo dijo Salvador en el brindis de aquella tarde, es que Julieta siempre fue la mujer que soñó toda su vida, que la amaba mucho antes de conocerla, y que le daba gracias a Dios por haberla cruzado en su camino.

Terminado el brindis, Salvador y Julieta bailaron abrazados por espacio de varias melodías, rodeados de otras parejas, en su mayoría jóvenes, a quienes les era imposible apartar sus ojos de los recién casados. El traje de seda blanca de Julieta y su piel pálida de paloma, la hacían más hermosa, más radiante. Julieta sonreía en tanto sus ojos verdes miraban a Salvador. El novio le acarició una mejilla.

—Nunca te he dado las gracias —dijo Salvador en susurro.

—¿Qué tienes que agradecerme?

—Gracias a ti soy un hombre afortunado. Nunca antes conocí el amor… Apareciste en mi vida, trayendo ese sentimiento desconocido. Sentí un dolor profundo cuando te marchaste; un dolor amargo, pero dulce a la vez. ¿Puedes entenderlo?

—Sí puedo… porque yo también sufrí mucho cuando me fui.

Pero a pesar de estar tan lejos, no me podía apartar de ti; a veces lloraba de rabia, por haber sido tan débil y haberme enamorado como una tonta. Pero mientras más lloraba, más me aferraba a tu recuerdo.

En el jardín, el grupo de músicos vestidos con el azul claro del horizonte tocaba boleros de antaño, de amores trágicos, tristes pasiones y romances agónicos, mientras el crepúsculo se disolvía en húmedos destellos que partían de las ramas y avanzaban hasta las mesas y hasta Julieta y Salvador. Ricas y sonoras tocaban las guitarras, la voz del cantante y el coro se alzaban, y sus notas se desvanecían en un crepúsculo verde, volando sobre la pareja de recién casados. Julieta apretó en su pecho una mano de Salvador, en tanto él inclinaba su rostro hacia ella. Y la besó despacio, sin prisas, como aquella primera vez en la cascada. Julieta entonces cerró los ojos y siguió a través de aquel beso las ondas de la música, que se disolvían en notas cada vez más bellas a través del jardín floreado, y volaban más allá de los álamos, más allá del cielo, más allá de la vida y de la muerte.

AGRADECIMIENTOS

A Don Browne, por abrir las puertas y darle oportunidad a los que sueñan.

Agradecimiento especial a Mimi Belt, por confiar en mí y guiarme, con sus consejos, durante toda la aventura de escribir estas páginas. Sin su visión este libro no hubiese nacido.

A Susana Miguel y Ana Fuentes por su cariño, su apoyo y su amistad.

A Stephanie Ozaeta. Gracias por tu esfuerzo y dedicación a este proyecto.

A Johanna Castillo, por dejar el camino libre a mi creatividad e imaginación.

Mi sincero aprecio a Judith Curr y Dennis Eulau, por ser visionarios y por alentar la publicación de esta serie. También a Amy Tannenbaum por su ayuda y apoyo. Gracias al maravilloso equipo de Atria Books: Gary Urda, Michael Selleck, Sue Fleming, Christine Duplessis y Melissa Quiñónez que han hecho tantas contribuciones valiosas.

El deseo ajeno es la continuación de la telenovela original de Telemundo/RTI *El cuerpo del deseo,* la cual estará disponible en DVD a partir de noviembre del 2006.

Para más información sobre Telemundo, visite:

www.yahootelemundo.com